狼と金《こん》平《ぺい》糖《とう》

神奈木智

白泉社花丸文庫

狼と金平糖《こんぺいとう》　もくじ

イラスト／榊《さかき》　空也《くうや》

お世話になりました、と頭を下げると、いかにも残念そうな溜《た》め息を返された。

その後に続く言葉も、大体は想像がつく。

どうしても無理なのかい。ここで諦《あきら》めてしまっては、これまでの努力も水の泡になってしまうよ――そんなところだ。

「ねぇ、伏見《ふしみ》くん。どうしても無理なのかい？」

ほらやっぱり。胸の中で呟《つぶや》き、伏見梢《こずえ》はゆっくりと相手を見返した。小学二年でチェロを習い始めてから、十一年間ずっと彼に師事してきたのだ。優しくて面倒見の良い人だということは知っているし、それ故《ゆえ》に今日まで甘えてきてしまった。

「君は、人一倍練習熱心な生徒だった。ここで諦めてしまっては……」

「ありがとうございます、加賀《かが》先生。でも、俺はもう決めたんです」

心の底にこびりついた未練を悟られないよう、努めて明るく笑ってみせた。

「祖父の入院、少し長引きそうなんです。うちは父親がいないし、将来のことを考えたら何か資格の取れる専学に進んだ方がいいかなって」

「…………」

「高校卒業したらすぐ就職も考えたんですけど、急な進路変更だったから良い働き口が見つからなくて。だって、もう十二月でしょう？　それに、もともとうち進学校だから就職には不利なんですよ。だったら、バイトしながら資格の勉強した方がいいんじゃないかって担任にも言われました。幸い、専学も奨学金が出るようだし」

「もしかして、この間の件を気にしてるのかい？　奨学金なら、僕が紹介した音大にだって制度があるんだよ？　何も早急に結論を出さなくても」

「そうじゃありません。潮時だったんですよ」

尚《なお》も食い下がられたが、梢の気持ちは変わらない。

もともと、チェロの勉強を続けること自体に限界を感じていた。どれだけレッスンを積もうと才能のある者には敵《かな》わないし、環境的にも経済的にもギリギリのところで頑《がん》張《ば》ってきたのだ。それが、祖父の病気という『逃げ道』を見つけた途端、ぷつんと糸が切れてしまった。音大への進学も、チェロへの情熱が保てないのなら意味がない。

「本当に残念だよ」

チェロ教師は、また深々と溜め息を漏《も》らした。

「伏見くんの音は、素朴で素直な優しい音色だった。僕は、とても好きだったよ」

「加賀先生……」

しみじみ言われると、本当に終わりなんだ、という実感がずっしり迫ってくる。

梢は、チェロを弾くのが大好きだった。子ども用から大人のチェロに移った時は、嬉しくて一緒に寝ようとして母親に叱《しか》られた。オモチャもゲームもねだったことのない梢にとって、一番の親友と言っても良かった。

でも、今日でお別れだ。金輪際《こんりんざい》、チェロには触らない。

「本当に、すみませんでした」

涙で醜態《しゅうたい》を晒《さら》す前にと、一礼した梢は急いでレッスン室から廊下へ出た。教師の自宅を改装したチェロ教室は、今日も子どもから老人まで雑多な生徒で賑《にぎ》わっている。そろそろクリスマスコンサートの準備が始まるので、どの顔もやる気に満ちて楽しそうだ。

梢は、顔見知りに会わない内にと早足になりかけた。だが、バイブにしておいた携帯電話が突然鳴り出したせいで動きが止まる。皆の視線が、集中するのがわかった。

誰だろう。何だか、嫌な胸騒ぎがする。

おそるおそる確かめると、発信は祖父の入院している病院からになっていた。

1

先週の日曜日、脳卒中で入院していた祖父、悠太郎《ゆうたろう》が亡くなった。

梢の家は母と祖父母の四人家族で、父親は幼い頃に死別している。そのため、祖父は父代わりでもある大きな存在だった。

でも、これから先は俺が母さんとばあちゃんを支えていかなくちゃ。

葬式を済ませた翌日、遺影の前で肩を落とす二人を見て梢は決心を新たにした。祖父の保険金とベテラン看護師である母の給料で慎《つつ》ましく暮らしてはいけるが、できるだけ早くバイトを見つけなくてはと思う。今まではチェロのレッスンに費やしていた時間を、これからは家族のために使うのだ。

「母さん、ばあちゃん、俺、何か作るよ。何が食べたい？」

「梢……」

「ちゃんと食って元気を出さなきゃ、じいちゃんだって心配するよ。そうだ、身体《からだ》があったまるように鍋にしようか。俺、ちょっとスーパーまで買い物に行ってくる」

母親の負担を軽くするため、家事は祖母と梢が協力してこなしてきた。特に祖母仕込みの料理の腕は、味も手際も高校男子にしてはなかなかだ。近所のどこが安くて品がいいだのポイントを効率よく貯める方法だの、十代の少年にあるまじき知恵が詰まっている。

「じゃ、行ってくるね」

夕方五時からはスーパードレミで魚が一割引き、八百辰《やおたつ》では大根と椎茸《しいたけ》がタイムセールにかかる日だ。まだ間に合うな、と思いながらコートを羽織《はお》り、外へ出たところで何かにぶつかった。

「ぶはっ」

弾みで後ろによろめいたところを、がっしと手首を摑《つか》んで引き寄せられる。素早い動きと摑まれた力強さに面食らっていると、いきなり顔が近づいてきた。耳元で抑えた息遣いが聞こえ、微《かす》かな息がうなじに降りかかる。ぞくっとして突き放そうとした瞬間、くん、と匂いを嗅《か》がれてパニックになった。

「な……な、何……なにっ？」

「――おまえか」

「え……？」

何とも表現しようのない声音だった。

おまえ、という響きに潜んだたくさんの感情。それは困惑とも取れるし、歓喜とも取れる。甘くて苦いシロップを飲まされた、熱病患者のうわ言のような酩酊《めいてい》が滲《にじ》んでいる。

けれど、直後の険《けわ》しい言葉が一瞬で全てをぶち壊した。

「くそ、おまえなのかよっ。ゆうたろうめ、二度も俺を謀《たばか》りやがって！」

「ゆうたろう……って……」

相手の口から祖父の名前が出たので、少しだけ頭が冷静になる。もしや、弔問《ちょうもん》に来てくれた人なのだろうか。その割には態度が乱暴だが、知り合いならば無下《むげ》にはできない。

「あ、あの……」

とにかく話を聞かねばと、梢は身体を離そうとした。初対面で「おまえ」呼ばわりされたり匂いを嗅がれたり、あまり気分は良くなかったが、どういう人物なのかまともに顔さえ見ていない。ただ、ずいぶん背が高そうだな、とは思った。百七十ちょっとの自分より頭一つ分は軽くありそうだし、身体つきも綺麗《きれい》に引き締まっている。

「すみません、祖父のお知り合いなんですか。お名前を伺っても……」

気を取り直してよく人相を確かめようとした時、背後で玄関の扉が開いた。振り向くと、中から母親の朋美《ともみ》と祖母が怪訝《けげん》そうにこちらを見ている。

「なぁに、うるさいわねぇ。宅配便か何か？」

「梢、お客さんなら上がってもらいよ」

「ええと、それがさ……」

何て説明しようか、と考えている隙に、バッと人影が梢を追い越した。そのまま機敏に自分と母親の間に割り込むと、今にも襲いかからんばかりの勢いで彼女へ吠《ほ》える。

「おい、ゆうたろうの娘！」

「きゃあっ」

怯《おび》えた母親が家の中へ逃げ込み、梢は啞然《あぜん》と立ち尽くした。気丈な祖母がすかさず傘を摑んで、「しっしっ」と相手を突《つ》き出す。その光景に我を取り戻し、慌てて男を扉から引き剝《は》がそうとしたが、どんなに引っ張っても筋肉質の身体はびくともしなかった。

「くそ！　この、離れろッ！　離れろよッ」

「おい、ゆうたろうを呼んで来い！　早く！　ゆうたろう！」

「出ておいき！　このケダモノ！　年寄りだからって甘くみんじゃないよっ」

梢と男と祖母、三者三様の声が入り乱れ、まったく収拾がつきそうもない。しつこく「ゆうたろう」を連呼する相手に、梢は無我夢中で訴えた。

「じいちゃんは死にましたッ！」

「え……？」

「本当です。先週、脳溢血《のういっけつ》で倒れて死んだんですっ！」

「ゆうたろう、死んだのか？」

不意に、男がピタリと動きを止めた。今だ、と祖母に向かい「ドアを閉めて！」と思いきり叫ぶ。祖母は一瞬迷ったようだが、「早く！」と怒鳴《どな》ると慌てて家の中に消えた。

良かった――ホッと安堵《あんど》の息を漏らした時、男の全身から急に力が抜ける。全力で引っ張っていた梢は、勢い余って引っくり返りそうになった。

「わっ、わわわっ」

あわや床のコンクリートに激突か、と観念したが、どういうわけか痛みは一向に訪れない。それどころか、柔らかくてふかふかしたものがふんわり自分を包んでいた。

「あ……れ……」

何だろう、これ。頬《ほお》がくすぐったくてこそばゆい。

「何か……気持ちいい……」

「……おい」

「うわ。やわやわで、あったかい～」

「おい！」

あまりの心地好さにうっとりしかけたら、鋭い一喝《いっかつ》で現実へ戻された。そのまま襟《えり》首をひょいと摘《つ》まれ、乱暴にもふもふから引き離される。開いた目に映った白銀の毛は、さながら足跡一つない雪原のように美しかった。察するところ、あれに抱き留められたお蔭で痛い目を見ずに済んだらしい。

「ぬくい雪だ……」

「てめ、いい加減にしろよ。言っとくが、涎《よだれ》なんか垂《た》らしたらぶっ殺すぞ！」

「へ……？」

ぐるる、と獰猛《どうもう》な唸《うな》り声が聞こえ、ぽんと軽く放り出される。不意打ちを食らってバランスを崩し、今度こそ梢は床に転がった。

「あいたた……」

一難去って、また一難だ。痛みに顔を顰《しか》めていると、ぱたんぱたん、と目の端で動くものがあった。何だろう、と注視してみると、一抱えはありそうな白銀の塊《かたまり》がゆったりと左右に揺れている。

「こ……れ……」

それきり、続きの言葉が出てこなかった。

視界で苛立《いらだ》たしげに揺れているのは――ふさふさの尻尾だ。

「……ったく。急に引っくり返るから、こっちもびっくりしただろうが」

腕組みをした尻尾の持ち主が、忌々《いまいま》しげに嘆息した。

「そのせいで、せっかくの擬態《ぎたい》が解けちまった。おまえ、責任取れ」

「せ……きにん……？」

「それと、まずはお礼な。頭を下げて〝ありがとうございます〟と言え。俺サマの美しい尻尾のお蔭で、無様《ぶざま》に転ばないで済んだろう？」

「あ、でも、その後で突き飛ばした……」

「何か言ったか？」

ギロリと不遜《ふそん》に見下ろす視線は、突き刺さりそうなほど刺々《とげとげ》しい。いいえ何も、と急いで首を振ると、フンと冷ややかに笑われた。

(何だ、こいつ。妙なコスプレしやがって。何が〝俺サマの美しい尻尾〟だよ)

ようやく容姿を観察する機会を得て、梢は相手をねめつける。

年は、二十代半ばくらいだろうか。精悍《せいかん》に整った顔立ちを粗雑な態度が台無しにしているが、第一印象で感じた通り、引き締まった体軀が膝《ひざ》丈のモッズコートの上からでも見て取れた。背も高いし手足は長いし、野性的な風貌《ふうぼう》と相まってモデルか役者だと自己紹介されたら信じてしまいそうだ。

(いや、それはないな)

即座に、自分の感想へダメ出しをする。

いくらルックスが良くても、尻尾をつけた男なんて問題外だろう。コートの裾《すそ》からは、紛《まが》うことなき獣の尻尾がふわんと飛び出している。

「おい、おまえ。何をボーッと見ているんだ」

「あ、や、何でもないです。えーと、とりあえず……ありがとう」

正直、何でこっちが礼を言わなきゃならないんだと思った。だが、褒《ほ》められる期待にそわそわしているのか、尻尾がしきりに揺れて忙《せわ》しない。形だけでも頭を下げたら満足したのかすぐに止まり、それはそれでおかしかった。

「あの、それ……どうやって動かしてるんですか」

「俺サマの尻尾が気になるのか。まぁ、美しいからな」

満更《まんざら》でもない笑みを浮かべると、ぶんぶん、とまた動きが早くなる。感心している場合じゃない、とは思うものの、正直な反応につい緊張が緩みそうになった。

「凄《すご》い、よくできてるなぁ。手触りも最高だったし」

「いいぞ、もっと褒めろ。尻尾を褒められるのは名誉なことだ」

「そうなんだ、じゃあもう一度触って……」

「気安く触るな！」

うっかり手を伸ばしかけたら、ぶわっと膨《ふく》らんで拒絶された。えええ、と傷心に駆られたが、すぐさま（待てよ）と顔色を変える。いくら何でも、作り物にしては精巧すぎないだろうか。その動きも温もりも、まるで生きているようにしか思えない。

（もしかして、本物の尻尾……だったりして……）

いやいやいや、と苦笑いが浮かんだ。確かに本物と見紛うばかりだが、獣の尻尾を生やした成人男性などいるわけがない。

「おまえ、ゆうたろうの孫か？」

「え？」

「さっきの女は、ゆうたろうの娘だろう？　その子どもか、と訊《き》いているんだ」

「わ……ちょ……ッ」

いきなり顔を近づけて、男がニヤリと笑みを見せた。その口許《もと》から覗《のぞ》くのは、肉食獣を思わせる鋭い牙だ。とても、犬歯なんて可愛《かわい》い代物ではなかった。

「う……そ……」

「くそ、おまえ雌じゃなかったのか。良い匂いだったから、俺はてっきり」

「め、雌……？」

「もう一度、確かめさせろ」

言うが早いか、再び無遠慮な素振りでくんくんと首筋を嗅がれる。息がかかるほど接近され、迂闊《うかつ》に動いたら喉《のど》笛を噛《か》み切られるのではと恐怖が走った。おまけに、至近距離から見る彼の頭に梢は信じられないものを発見する。

「み、み、み」

「……やっぱり、間違いねぇな。ゆうたろうめ、素知らぬ振りしやがって」

「耳が、耳が！」

「うるせぇなっ。何なんだ、今頃。さっきから見えているだろうが」

ちっと舌打ちをして、男が蒼白の梢を睨《にら》みつけた。だが、どんなしかめ面をしようと毛に覆われた三角の耳が二つ、ぴょこぴょこと愛らしく動いている事実は打ち消せない。

「それ……耳、だよね……？」

「ああ？」

「尻尾にばかり気をとられていたけど、本物の耳だよね？」

勇気を出して手を伸ばし、拒否される前に急いで引っ張った。その途端、「痛ぇ――ッ」と大袈裟に声が上がる。

「この野郎、いきなり何すんだッ」

「本当に本物だ……」

「てめ、ふざけてると食い殺すぞ！」

脅《おど》すように開いた口には、凶器の如き牙が光っている。

尻尾、牙、三角耳と揃《そろ》えば、もう疑いの余地はなかった。

これがコスプレだと言うなら、すでに特殊効果の域《いき》だ。

「ば……」

「ば？」

「化け犬だぁッ！」

「誰が犬だ、こらァ！」

叫んだ直後、頭に鈍い痛みが走った。平手で叩《はた》かれたのだ。漫才でいうツッコミだ。

男は怒りも露《あら》わに唸り声を上げ、怯える梢を猛々《たけだけ》しく睨みつけた。

「俺を、あんな愛玩動物と一緒にするな」

「…………」

「見ろ、俺サマの白銀の毛並を！　逞《たくま》しく豊かな尻尾を！　これのどこが犬だ！」

自慢げに自らの尻尾を右手に抱き、頬ずりしながら勝ち誇《ほこ》られる。現実離れした異様な光景にも拘《かかわ》らず、梢は思わず見惚《みと》れてしまった。それは、彼の全身から滲み出る野生に気《け》圧《お》されたせいだ。尻尾や耳を別にすればどこにでもいる若者の恰好なのに、何故《なぜ》だか抗《あらが》えない迫力に満ちていた。

「まったく情けない。おまえ、それでもゆうたろうの孫か。あいつは、野山を駆け回る猿のような少年だったぞ。それが、同じ血筋なのに犬と狼《おおかみ》の区別もつかないのか」

「お……おお……かみ……？」

「そうだ。見てわからないか？」

「わかんないよ！」

狼の実物なんて、幼い頃に動物園でしか見たことがない。第一白銀の毛並ではなかったし、尻尾もこんなにふっさりしていなかった。

「あ、あんた何者なんだよ。てか、狼男って実在してたのか？　じいちゃんのこと知ってるみたいだけど、俺は聞いたことないぞ。そもそも、何しに来たんだよっ！」

「何しにって、決まっているだろう」

「え……？」

逆ギレして詰め寄った梢は、ギクリと言葉を呑《の》み込んだ。勢いで「狼男」なんて口走ったが、この時になって初めて身の危険を感じたからだ。

「お、俺なんか食っても美味《うま》くないからな。肉もあんまりついてないし、筋張ってて嚙み切れないんだぞっ。いや、食べたことないけど多分そうなんだからなっ！」

「は？」

「——梢、大丈夫なの？」

埒《らち》の開かない会話の途中、警戒心たっぷりな声が割って入ってきた。見れば、少しだけ開いた扉の隙間から、母親と祖母が怖々《こわごわ》とこちらの様子を窺《うかが》っている。

「母さんもばあちゃんも、出て来ちゃダメだってば」

「だって、心配じゃないの。やっぱり警察呼ぼうか？」

「ゆうたろうの娘……」

ひくん、と青年の鼻が動いた。わあ、獣っぽい。思わず能天気な呟きを漏らしそうになり、梢は慌てて口を閉じる。しかし、男の耳と尻尾は彼女たちの目にも留まったらしく、母親は眉間に皺《しわ》を寄せながら言った。

「さっきはびっくりして見ていなかったけど、この人はどうして仮装してるの？」

「え……えーと、それは……」

「まさか、おじいちゃんの知り合いなのかしら。せっかくだけど、仮装して弔問に来るなんて常識がなさすぎるわ。悪いけど、帰ってもらいなさい」

「…………」

「それとも、やっぱり警察呼んだ方がいい？　変態かもしれないし」

真顔で「変態」と言い捨て、彼女はジロジロと男を見回している。そう言われても無理はないが、男は怒るでもなく不躾《ぶしつけ》な視線を受け流していた。どうも何かに気を取られているらしく、それどころではないといった感じだ。母親を見る真剣な眼差しに、梢は戸惑いを覚えずにはいられなかった。

「あ、あのさ……」

「おまえを食おうなんて、思ってねぇよ」

「え……」

「俺は、おまえら人間が想像の世界で作り上げた怪物とは違う。こういう生き物なんだ。見た目が少し違うだけで、他は全部おまえらと同じだ」

「…………」

生真面目に語る姿をよそに、母親は「何を言っているのか」と不可解な顔をしている。だが、彼の横顔を見た梢は素直に信じようと思った。少なくとも乱暴を働かれたわけではないし、先ほどは尻尾をクッションにして転びかけた自分を助けてくれたではないか。

（それに……嘘を言っている目じゃないもんなぁ）

拗《す》ねた表情はどこか幼くも見えて、強面《こわもて》のくせに憎めない。自分より年齢も体格も遥《はる》かに勝《まさ》る相手に「可愛い」はどうかと思うが、そうとしか形容できないくらい、男の眼差しに梢は惹《ひ》かれた。

（だって、混じり気がない砂糖の結晶みたいだ……）

真っ黒な瞳に相応しい喩《たと》えではないが、あの目が甘くなるところを見てみたいと思う。

そんな風に感じる自分自身に困惑しながら、梢は母親に向かって口を開いた。

「母さん、この人の仮装は単なる趣味なんだよ。別に、悪い人じゃないと思う」

「え？」

「世の中には、こういう格好が好きな人もいるんだってば。それに、じいちゃんが死んだことは知らなかったみたいだしさ。だから、許してあげてよ」

一生懸命に取り成したら、やがて母親は「……お線香をあげていくならどうぞ」と気の進まない様子で譲歩してくれた。二人の会話を聞いていた祖母が、「まったく困ったじいさんだよ。知り合いまでふざけてる」と惚気《のろけ》代わりの愚痴を零《こぼ》す。

「おい、ゆうたろうの孫。どうなってんだ？」

成り行きが呑み込めないのか、男が眉を顰《ひそ》めて訊いてきた。そうだ、まずは名前を訊かなくては。梢が尋ねると、彼は憮然《ぶぜん》とした様子で言い返してきた。

「それなら、おまえが名乗るのが先だろう。ゆうたろうの孫」

「え……ああ、そうか。えっと、俺は梢だよ。ふしみこずえ」

「こずえ……」

「女みたいな名前だけど、じいちゃんがつけたんだ。それで、そっちは……」

「——颯真《そうま》」

誇らしげに、男は名乗る。

まるで、自分の持っている一番の宝物を自慢するように。

「俺も同じだ。ゆうたろうが、俺にこの名前をつけた」

「え？」

「よろしくな、梢」

そう言って無邪気に笑うと、三角耳とふさふさ尻尾が同時にぴょこんと動いた。


街外れに、古びた洋館がポツンと建っている。

隣の敷地は工場跡で、周辺に買い物できるような店舗もないため、近隣にもほとんど住宅はない。街の住民には、人気のない寂《さび》れた雰囲気から『お化け屋敷』と噂されるような建物だったが、実は数日前から人が越してきていることを誰も知らなかった。

「ねぇねぇねぇ」

年季の入った重厚な作りの居間で、長い耳と赤い目の青年が口を開いた。

「颯真の奴、上手く連れてくると思う？」

どうだろうなぁ、と眉をへの字に曲げて別の一人が呟いた。丸い耳と先端が筆のようにふっさりしている細い尻尾が、悲観したように項垂《うなだ》れている。

「俺は、正直無理だと思う。俺たちと人間は違いすぎるし……」

「ちがうってなにが？　どこがちがうの？　かお？　こえ？　からだ？」

くるんと床に丸まっていた五歳くらいの少年が、自前のふかふか尻尾を抱き締めながら質問攻めにした。大きな耳のよく似合う、愛らしくもあどけない笑顔。しかし、最後の一人である美貌の毒舌家は、漆黒のしなやかな尻尾を優雅に振って素っ気なく答える。

「まぁ、全部だね。同じに見えるけど、全部違うよ」

「あ、起きてたんだ。いつも寝てるくせに」

長い耳と赤い目の青年が、からかうようにケタケタ笑った。

「それに、全部じゃないでしょ。セックスできるんだもん」

「ちょ、ちょっと。ちっちゃい子が聞いてるんだから、もう少し言い方を考えようよ」

「あれ？　人間と違いすぎるって、最初に言ったのはおまえでしょ？」

「ちがうの？　おんなじなの？　どっち？」

「うるさいよ、おまえら」

神経質に眉を顰めて、美貌の毒舌家が一同を黙らせる。夜目の利《き》く彼は寝そべっていたソファからゆったりと身体を起こすと、夜の帳《とばり》の下りた窓外へ視線を滑らせた。

「ほら、颯真が帰ってきた。一人だけど、機嫌は良さそうだ」

「それって、どっちの意味かな？　プロポーズ成功？　それとも失敗？」

丸い耳を持つ青年が、心配そうに訊いてくる。だが、誰にも答えられるはずがなかった。

そんなわけで、普段はてんで勝手にバラバラな行動を取る四人がこの時ばかりは思いを同じにする。一刻も早く、颯真から事の顚末《てんまつ》を聞き出さねば――と。

「楽しみだなぁ、颯真の嫁。どんな子かなぁ」

長い耳と赤い目の青年の呟きに、一同は期待に満ちた頷《うなず》きを返すのだった。


もしかしたら、あの不思議な来訪者は夢だったんじゃないかな。

祖父の初七日も済んで少しずつ生活が落ち着いてくると、何だかそんな風に思えてきてしまう。それほど、梢の前には厳しい現実が立ち塞《ふさ》がっていた。

「今日もダメか……」

アルバイトの面接帰り、参加賞のように貰《もら》った『ハンバーガー10％引き』クーポンを空しく握り締めて肩を落とす。放課後を利用して探し始めたのだが、今日で五つ連続不採用だったのだ。梢のどこがダメ、というわけではないのだが、ちょうど別の子が採用された直後だったり、条件面で折り合わなかったりでどうにもタイミングが悪かった。

「まいったな……贅沢《ぜいたく》言ってるわけじゃないと思うんだけど……」

住んでいる街は小さいが、それなりに繁華街やショッピングセンターは賑わっている。閉園間近と噂だが、ちゃんと遊園地だってあるのだ。求人なんて、その気になればすぐ見つかるだろうと考えていたが甘かったようだ。

「三学期になれば、自由登校でだいぶ融通が利くんだけどなぁ」

年末の短期バイトなら幾つかあるが、それで繋《つな》いで年明けに再チャレンジした方がいいだろうか。そんなことを考えながら、先ほど面接を受けたファストフードを思い返す。学校と家事、そしてチェロのレッスンで時間が全て潰れていたため、梢はああいう店にもほとんど出入りしたことがない。いかにも物慣れない様子だったので、敬遠されたのかもしれないな、と思ったりした。

「未練がましくしがみつかないで、もっと早くチェロをやめれば良かったんだけど」

今更《いまさら》だが、そんな風に考えたりもする。梢のチェロは亡くなった父の影響で、お父さんが大好きだった楽器なのよ、と母親は何かにつけ嬉しそうに語っていた。無理なバイトで指を痛めたらどうするの、家はそんなに貧乏なわけでもないんだから、と口癖のように言い、その言葉に甘えてきたバチが当たったのかもしれない。

「どうしよう……」

「――梢！」

「あいたっ」

うっかり猫背になりかけた時、喝を入れるように景気よく背中を叩かれた。驚いて振り返った先に、先日の狼男が立っている。いや、正確には「狼じゃない男」だ。三角耳や尻尾は影も形もなく、内心（何だ、やっぱりコスプレだったんじゃないか）と思った。

「まぁ、それが当たり前だよな」

「あ？」

「耳と尻尾がない」

「バカか、おまえは」

遠慮なく悪態を吐き、彼は見下したようにねめつける。

「こんな人込みで、堂々と正体を晒すわけねぇだろが。擬態してるんだよ」

「擬態……」

「それよか、おまえちょっと付き合え。話があるんだ」

「え、な、何……」

言うが早いか右手を摑まれ、強引にグイグイ引っ張られた。どこに行くのかと面食らっていたら、すぐ手近のファミリーレストランへ向かっているらしい。

「狼男でもファミレス行くんだ……」

「てめ、ぶっ殺すぞ」

言葉は物騒だが、その顔はさほど怖ろしくもなかった。むしろ、どこか楽しそうだ。先日、祖父の遺影に手を合わせた時も口の中で何やら毒づいていたようだが、そのくせ柔らかな表情は過去を懐かしんでいるように見えた。

（あんな顔するってことは、よっぽどじいちゃんと親しかったんだろうなぁ）

名前を貰った、なんて言っているくらいだ。祖父と彼では年齢的にずいぶん開きがあるが、一体いつどこで知り合ったのだろう。あの日は母親と祖母の目があったので引き止めることができなかったのだが、正直なところ梢は少し後悔していた。

（また来るって、帰り際に耳打ちはされたけどさ……）

まさか、街で声をかけられるとは予想外だった。もし彼が本物の狼男なら、もう少し人目を忍ぶとか、コソコソ隠れた行動を取ると思っていたのだ。それが、夕方とはいえ繁華街を堂々と歩き、あまつさえ話をするのにファミレスを選択するとは、ずいぶん俗っぽい獣人もいたものだ。

けれど、正直なところ梢の胸は期待に弾んでもいた。彼に訊きたいことはたくさんあったし、何より純粋にまた会いたい、と思っていたからだ。狼男と会話できるなんて、人生にそう何度もあることではない。

（そうま……確か、颯真って言ったっけ……）

慣れた様子で店内へ入っていく後ろ姿に、梢は不思議な高揚を覚えていた。


「あれは、七十年ほど前のことだ。ゆうたろうは十歳になるかならずで……」

「うんうん」

「とにかく猿だった」

「………」

注文した料理がずらりとテーブルに並ぶ向こう側で、颯真が端から豪快《ごうかい》に食べていく。

さすがは肉食獣だけあって見事な食べっぷりだが、ちゃんとお金持ってるんだろうか、と梢は内心ヒヤヒヤだ。おまけに、尻尾と耳を隠した姿は女性にとってかなり魅力的なようで、そこはかとなく店内の注目を浴びているのが余計に居心地悪かった。

「えっと、もう一度話を整理するよ。要するに、じいちゃんは子どもの頃に故郷の山であんたに会った。そこで何があったかは知らないけど、大きくなって娘が生まれたら嫁にやる、そう言われたんだね？　だけど、久しぶりに訪ねてみたらじいちゃんが亡くなっていてびっくりした、と」

「おい、一番大事なところを端折《はしょ》るな。俺は、ゆうたろうの命の恩人だぞ。あいつが山中で飢えた猪《いのしし》に襲われた時、追い払ってやったんだからな」

「追い払うって……その格好で？」

「必要に応じて、人型から本体の狼へ変わることもある。もちろん、運動能力は飛躍的に上がる。もっとも、今は普段から人型を取ることの方が多いから、どちらが本体とは言えないけどな。狼の姿で得をすることもないし」

「へぇ……」

「俺も、ここ数十年は狼に戻ったことはない。ゆうたろうの時が最後だ」

「……ちょっと待って」

何となく最初から感じていた違和感を、梢は思い切って口にした。

「あのさ、颯真さんってどう見ても二十五とか六とかだよね。じいちゃんが十歳の頃って言われても、計算が全然合わないんだけど」

「当たり前だ。俺たちと人間では、寿命の長さが違う」

「それって……どういう……」

「俺は、おまえが考えているより百歳近くは上だ」

「嘘……」

　フフン、と颯真はうそぶき、べろりと唇についたソースを舐《な》めた。野生の獣が、獲物を追い詰めた時の悪い顔だ。どうやら、梢の驚いた顔が気に入ったらしい。

「種族にもよるが、俺の住む世界の住人は人間より遥かに長命だ。そうでなきゃ、もっと早くに娘を迎えに来ている」

「娘って……つまり、俺の母さんのこと……？」

「ゆうたろうの娘が一人なら、そうなるな。俺は、うっかり人間との寿命の差を失念していたんだ。娘が二十歳になったら迎えに来るつもりが、実際は……」

「母さんは、今年で四十六歳だよ」

「びっくりした。まさか、あんなに年をとっていたなんて」

「……それ言ったら、破談どころじゃ済まないと思う……」

　デリカシーの欠片《かけら》もない言葉に、梢は呆《あき》れて溜め息をついた。だが、颯真はわかっていないらしくサイコロステーキを口へ放り込み、恨《うら》めしげな顔をする。当てが外れて気の毒とは思うが、母親が彼の嫁になっていたら自分も生まれてはいないので、梢にしても心中は複雑だった。そもそも、十歳の頃の口約束では祖父だって責任持てないだろう。

「俺の一族は、もう何十年も子どもが生まれていない」

「え……」

不意に真剣な瞳になり、颯真はボソリと呟いた。

「七十年前、俺がこっちの世界へ来たのも人間の雌を娶《めと》るためだった。異種の血が混じるのを良しとしない者も多いが、背に腹は代えられない。このまま一族が減る一方なら、何か思い切った手段を取るしか道がない……そう思ったんだ」

「………」

「だから、ゆうたろうの申し出は有難《ありがた》かった。幸い俺は寿命が長いから、ゆうたろうが大人になって結婚し、子どもができるまで待つことができる。まぁ、実際はちょっと待ちすぎたんだが、今更それを言ってもしょうがない。とにかく、このまま手ぶらで帰るわけにはいかないんだ。俺は、何としても人間の嫁を連れて帰る」

きっぱりと宣言する声は、並々ならぬ決意に満ちている。何がなんでも嫁を、と思い詰める理由もわかるし、颯真の思いもちゃんと伝わってきた。

けれど、それを自分に言われても困る。

母親がダメなら他の子で、なんて単純な問題ではないし、そもそも、相手は人間ではなく狼男なのだ。スタート地点から、常識では越えられない壁がそびえたっている。

(母さんが二十歳で嫁入り前だったとしても、素直に嫁にはならなかったよな)

確かに、颯真の見た目はカッコいい。普通に口説かれたら、大抵の女の子はポーッとするだろう。だが、そこに三角耳とふさふさ尻尾がついたらどうだろうか。

（……ないな）

非常に残念だが、颯真の嫁探しは困難を極めるのは必至《ひっし》だった。それより何より、梢には先ほどから大きく引っかかっている問題がある。

「あのさ、颯真さん。怒らないで聞いてほしいんだけど」

「何だ？」

「いくら子どもが欲しいからって、じゃあ嫁をもらえばいいって単純な話じゃないんじゃないかな。第一、女の人は子どもを産む道具じゃないんだよ？」

「…………」

「それに、最初から生きる長さが違うなんて不幸じゃないか。颯真さんは、奥さんにそんな悲しい思いをさせたいわけ？　せっかく結婚しても、片方は先に年を取って死んじゃうんだよ？　俺だったら、そんなの耐えられない。大好きな人を残して逝《い》くなんて、絶対に考えたくない」

思い切って口にした苦言の数々を、颯真は無言で聞いていた。いや、正確には何も言えなかったのだと思う。その表情は、そんなこと考えもしなかった、とでも言うようにポカンと呆気《あっけ》に取られていたからだ。

（ガキが生意気言うなって、怒鳴られるかと思ってたけど……）

十八歳の梢には、まだ「生涯の伴侶《はんりょ》にしたい」と思えるような出会いはない。

けれど、想像することはできた。種族の違い、寿命の違い。それだけでも大変なのに、颯真が相手に望むのは「一族のために、子どもを作ること」だ。そんな男の元へ、好んで嫁《とつ》ぎたい女性なんて簡単に見つかるはずがない。

「あの、ごめん。はっきり言いすぎた……よね」

あんまり沈黙が続くので、梢は段々心配になってきた。間違ったことを言ったとは思わないが、もう少し優しい言い方もできたのでは、と反省する。

けれど、それは取り越し苦労だったようだ。

ふぅ、と大きく息をつくと、颯真は元のふてぶてしい態度を取り戻した。

「寿命の違いについてはどうしようもねぇけど、俺は、好きでもない女を嫁にはしない」

「颯真さん……」

「そんなの当たり前だろうが。子どもが産めれば誰でもいい、なんて思わねぇよ」

「だって、俺の母さんのことは……」

「それは別だ。俺はゆうたろうが気に入っていたし、あいつの娘なら好きになれると思ってた。大体、俺にだって好みってものがある。雄だろうが雌だろうが、そこから外れた奴とは寝る気になんねぇよ」

「………」

男女ならまだしも、雄とか雌という表現は生々しくてギョッとさせられる。おまけに、今のは少し気になる言い回しだった。まるで、好みに合えば雄でもいい、と言っているように聞こえる。

(い、いやいやいや、それはないだろ。同性じゃ子どもは無理なんだし)

何を考えているんだと、梢は慌てて妄想を振り払った。いくら颯真が狼男でも、そこまで即物的な野獣ではないだろう。何かの本で読んだことがあるが、狼は一夫一婦制を死ぬまで守る動物らしいし。

(あ……でも……)

ふと、初対面の颯真を思い出した。

腕を掴んで引き寄せられ、いきなり首筋で匂いを嗅がれた。あの瞬間に感じた微かな息遣いが、やたらとリアルに蘇《よみがえ》る。それどころではなかったので深く気に留めなかったが、良い匂いだった、と言われたのはどういう意味だったのだろうか。

(俺、何か匂うのかな……)

当然のことながら、香水や整髪料の類《たぐ》いはつけていない。強《し》いて挙《あ》げるなら喪中で線香の香りはしたかもしれないが、颯真の反応はそれとは違っていた気がする。

「どうした、梢。おまえ、顔が赤くなってんぞ?」

「なっ、何でもないよっ」

「ふうん……?」

思い切り力強く否定したせいで、却《かえ》っておかしな空気を作ってしまった。とりあえず話題を逸《そ》らさねば、と梢は思いつくままを口にする。

「あ、あのさ、その、そうだ、颯真さんたちのこと、もっといろいろ教えてよ」

「俺たち？」

「そうだよ。だって、さっき言ってたじゃない。〝俺の住む世界の住人〟って」

「ああ……」

そのことか、と納得した顔になり、颯真はしばし思案を続けた。それから、おもむろに伝票を掴むと「行くぞ」と席から立ち上がる。行くってどこへ、と一瞬面食らったが、何も説明しないまま相手が歩き出したので、仕方なく後を追うことにした。

「待ってよ、颯真さん」

「支払いなら心配するな。ちゃんと金は持っている」

「え……」

「ここへ入った時、おまえの顔に書いてあった」

「…………」

ニヤ、と意地悪く微笑《ほほえ》まれ、気まずさに顔が熱くなる。

お見通しかよ、と決まりの悪い思いで呟き、梢は急いで彼を追いかけた。

「ここは……」

住宅街からポツンと離れた街外れの一角で、梢は唖然と立ち尽くす。

傍《かたわ》らに立つ颯真の顔は、目の前の洋館を「どうよ」と言わんばかりだ。

確かに、古いが自慢したくなる瀟洒《しょうしゃ》な建物だった。門から玄関までの作り込んだ庭といい、シェイクスピアの芝居に出てきそうな二階のバルコニーといい、まるでアンティークのドールハウスがそのまま大きくなったような外観だ。

「この屋敷、こんなにちゃんとしてたっけ……？　俺が小さい時は、『お化け屋敷』って呼ばれるほど荒れ果てた家だった気がするんだけど……」

「まぁ、少し前まではな。でも、直させたんだ。俺たちが住めるように」

「え！　じゃあ、颯真さん、今ここに住んでるの？」

「俺だけじゃない。他にも何人か一緒だ」

「それって、もしかして……」

予想もしていなかった展開に、梢の全身が緊張に包まれた。

「い……いいの？」

「何が？」

「俺なんかに、仲間を会わせちゃって。普通、狼男とかって世間から正体を隠して暮らしていたりするんじゃないの」

梢は大真面目に言ったのだが、何がおかしいのか颯真はくっと吹き出しかける。人が心配してるのに、と憮然と睨みつけると、彼は鉄製の門のインターフォンを押しながら「気遣い、ありがとよ」と言った。

「でも、大丈夫だ。こっちの世界で外出する時は擬態しているし、俺たちが本来住んでいる場所はおまえらと違う軸に存在している」

「違う軸って……パラレルワールドとか、そういう感じの？」

「まぁ、そんなもんだな。少なくとも、人里離れた山奥でこっそりとか、そういうんじゃねぇから。二つの世界を行き来するのも、限られた条件下でないとできないし」

「そんなところへ、お嫁さんを連れて行く気なんだ……」

何だか責めるような口ぶりになってしまったが、ますます嫁探しは難しいのではないかと思われる。颯真と添い遂げようと決心したら、二度と家には帰らないくらいの覚悟が必要だ。「違う軸」なんて言われても想像つかないが、少なくとも気軽にメールしたり電話をかけたりできる場所ではないだろう。

（家族も友達も、これまでの生活全部を捨てて……か。俺には無理だろうなぁ）

思わず心の中で呟いてから、何も自分に置き換えなくてもいいんだと狼狽《ろうばい》する。嫁候補だったのは母親で、男の自分は最初から問題外だ。仮に女に生まれていたとしても、もちろん狼男の嫁になるなんて考えられなかった。

「言っとくが、誰でもここへ連れてくるわけじゃねぇぞ」

「え？」

なかなかインターフォンの応答がないので、苛つきながら颯真は言った。

「おまえは信用できそうだ。ゆうたろうの孫だし、ガキのくせに俺に説教しやがった」

「や、だって、あれはさぁ……」

「それだけ、ちゃんと考えてくれたってことだろ。俺たちの事情を」

「…………」

「だから、おまえは特別だ。お蔭で、俺も決心がついた」

「え……」

決心って何の、と訊き返そうとした時、『はいは～い』と陽気な声に遮《さえぎ》られる。甘くて少し鼻にかかった感じの、青年の声音だ。ようやく出たか、と颯真が嘆息し、インターフォンに向かって凄んだ。

「和兎《かずと》、何やってたんだ。俺を待たせるな」

『何だよぅ、嫁の前だからってカッコつけちゃってさぁ』

え、と梢は耳を疑った。今、『嫁』とか何とか聞こえた気がする。

颯真はちっと舌打ちをすると、不機嫌極まりない声を出した。

「いいから、さっさと門を開けろ」

『あ～あ、颯真はノリが悪いなぁ。せっかくルックスいいのに全て台無し』

「てめ、後でぶっ殺す！」

『これだから、肉食獣は。脅すなら、もっと気の利いたセリフでぞくっとさせてよ』

「開けろッ！」

のらくらした会話に、とうとう颯真がキレる。相手は愉快そうな笑い声をたて、満足したのか施錠の外れる音がした。彼は両開きの門をやれやれと押し開き、入れと顎《あご》で指図する。いつの間にか空は暗くなり、真冬の三日月が寒々と屋敷を照らし出していた。

「あ、あの……」

「他の連中に、おまえを紹介する」

「…………」

「いいか？」

「う……うん」

勢いに呑まれて頷くと、颯真は少し安心したように微笑《わら》った。こんな表情もできるんだと、見惚れてしまいそうなほど柔らかな笑顔だ。同時に、「いいか」と問われた際の真摯《しんし》な瞳に、梢は引き返せないものを感じていた。

もしかして、のこのこついてきたのは早計だったろうか。

微かな不安が頭を過《よ》ぎったが、颯真に言われた言葉がかろうじて足を留める。

『だから、おまえは特別だ』

そう、彼は自分を信頼してくれたのだ。それなら、こちらも覚悟を決めなくてはいけない。ここで逃げ出したりしたら、人間代表として情けなさすぎる。

（まぁ、不可抗力とはいえ、じいちゃんの約束を破っちゃった負い目もあるしな）

キッと顔を上げて、真っ直ぐ前方を見た。飛び石の小道を歩いた先に、アーチ型の屋根がついたクラシックな作りの玄関が待っている。颯真の後に続いて扉の前に立つと、彼が真鍮《しんちゅう》製のドアノブを摑んで開けようとした——その時。

「おっかえりぃ！」

一瞬早く扉が開き、重なり合うように三人の人物が転がり出てくる。

「やった！　颯真の奴、ついに嫁を連れてきたね！」

「良かった……本当に良かった……」

「わあ、おとこのこだ。おとこのよめだぁ」

口々に勝手なことをまくしたて、彼らは面食らう梢をジロジロ眺め回した。その不躾な視線も然《さ》ることながら、三人三様の姿にますます混乱が深まっていく。

「おい、和兎。てめぇ、人をおちょくってんじゃねぇぞ」

三人の真ん中に立つ青年に、颯真が唸り声を上げて詰め寄った。空気がビリッと引き締まり、たちまち殺伐《さつばつ》とした雰囲気になる。だが、和兎と呼ばれた青年はまるきり怯《ひる》む様子も見せず、むしろ零《こぼ》れんばかりに華やかな笑みを返してきた。

（うわ……）

それを見た途端、梢の胸に妖《あや》しいときめきが走る。

男なんだとわかっていても、和兎には不思議な魅力があった。甘い美貌はふんわりと、滲み出るフェロモンはとろ〜りで、まるで極上のシュークリームのようだ。

（でも……どう見てもこれって……）

緩く癖のついた髪の毛から、白くて長い片折れ耳がぴょこんと生えている。蠱惑《こわく》的な赤い瞳と相まって、それは梢の知る限りもっとも危険な香りのする――兎だった。

「まぁまぁ、そんなに怒らないの。颯真、いい加減、僕に慣れようよ」

「二人とも喧嘩はダメだって。ほら、共同生活の……その、ルールっていうか……」

「れお、がんばって！」

「あ、うん。ありがとう、狐鈴《こりん》。頑張る」

狐鈴と呼ばれた狐の子どもが、はっきり物の言えない青年を張り切って励《はげ》ましている。人間で言うなら五歳くらいだろうか。愛らしさの塊のような容姿とつぶらな瞳、好奇心たっぷりの表情がひどく可愛らしい。とどめは、身体と同じくらいボリュームのある、ぽわんとした太い尻尾だった。茶色い真綿のような物体が、ぱったぱったと揺れている。

「そうだな、ちゃんとしなきゃ」

三人の中で一番体格のいい「れお」が、ブツブツと口の中でくり返した。

スポーツ選手のように精悍な身体つきの彼は、身長も余裕で一番高いのに、その表情は誰よりも弱々しくて影が薄い。また、そんな自分を恥じているのか、懸命に己《おのれ》を鼓舞《こぶ》しようとしているのが逆に痛々しかった。

「ええと、颯真。まずは嫁の紹介を……」

「嫁じゃねぇよ」

「え、違うのかっ？　でも連れて帰ってきたじゃ……」

「見りゃわかんだろが。こいつ雄だろ。どこをどうしたら、子どもが産めるってんだよ」

「そ、それは……そうだけど……」

思い切りぞんざいにあしらわれ、しおしおと「れお」が項垂れた。二メートル近い身長・も、Tシャツのよく似合う逞しい胸板と頼りがいのありそうな肩幅も、彼にとっては何ら自信の源にはならないようだ。

「あの、嫁と間違えてすみません……」

「い、いいえ、こちらこそ」

しきりに恐縮して下げられた頭には、小ぶりな丸い耳がしゅんと倒れている。ジーンズから飛び出た細い尻尾はだらりと床を向き、先端には房がついていた。

「こいつは玲雄《れお》だ。見ての通りの獅子族だ」

「え、獅子って……まさかライオンっ？」

「すみません……」

素直に驚く梢に、百獣の王はすでに涙目だ。

小ざっぱりしたツンツンの短髪、爽やかで凜々《りり》しい目鼻立ち。けれど、眠たげな瞳が全体に残念感を漂わせている。梢は慌てて自分も頭を下げ、「こちらこそ、ごめんなさい」と非礼を詫《わ》びた。温和そうな玲雄は自分と同年代に見えたので、妙な親近感があった。

「玄関先で自己紹介も何だし、とにかく入ってよ」

和兎が愛想よく微笑み、どうぞどうぞと招き入れる。おずおずと梢が一歩踏み出すと、右足に狐鈴が「わあい」と絡みついてきた。狼狽して歩みを止めると、たちまちむうっと膨れ面になり「あるいて、あるいて！」とせがまれる。

「ああ、そのまま引きずって構わないからね。この子、君のこと気に入ったみたい」

「引きずるなんて、そんな」

「狐鈴は軽いから大丈夫。苺五個分しか体重ないもんね？」

「ねー」

顔を見合わせて笑う和兎と狐鈴に、何の話だと頭がくらくらした。仕方なく右足に貼りつかせたまま、ずるずると屋敷の奥へ向かう。狐鈴は嬉しそうにはしゃいだ声を上げ、尻尾がモップのように床を磨いていった。

「あ……」

居間に入るなり、梢は再び足を止める。中央の長椅子に、気持ちよく寝そべっている人物が目に入ったのだ。まだ仲間がいたのか、と傍らの颯真を見上げると、どういうわけかそそくさと目を逸らされる。梢の足にしがみついていた狐鈴がパッと降り立ち、そのままタタタッと眠れる住人へ近づいていった。

「こはくー、こはくおきて！」

「……やだ」

「なんでやなの！　そうまが、よめをつれてきたんだよ！」

「うるさいよ、狐鈴。耳元で喚《わめ》かない。あと、尻尾が埃だらけで汚いから寄らないで」

冷たく一蹴《いっしゅう》する彼は、不機嫌に目を閉じたままだ。それでも、とびきり綺麗な顔立ちなのは一目瞭然《りょうぜん》だった。高貴な容姿としなやかな身体つきを際立たせているのは、漆黒の三角耳と気怠《けだる》く揺れている細い尻尾だ。

「あいつは……」

「わかる。猫だよね」

颯真の説明など聞くまでもない。即答する梢を鼻白んだように見つめ、彼は「これで、屋敷の連中は全員だ」と言った。

「琥珀《こはく》、とりあえず起きればぁ？　マイペースもいいけどさ、空気読もうよ」

半べそをかいて戻ってきた狐鈴を慰めながら、和兎が煽《あお》るような口をきく。険悪な二人を取り成そうとオロオロする玲雄をよそに、琥珀はだるそうに大欠伸《あくび》をした。

「それ、何？　嫁？」

ようやく開いた瞳は、美しい金色だった。その目が、梢へジッと向けられる。さっきから訂正する機会を逃《のが》していたが、十八年の生涯でこれほど「嫁」を連呼された日は初めてだった。梢はウンザリとしながら一同を見回し、断固たる口調で否定する。

「何か誤解があるようだけど、俺は男なので嫁にはなりません！」

「じゃあ、何でここにいるのかな。君、人間でしょう？」

「颯真、人間の嫁を連れ帰るって張り切ってたよねぇ？」

「そうま、よめはどこ？」

「ほら、この間の話じゃ……」

一斉に皆から言い返され、たちまち梢は困惑する。

大体、ここの連中はどうして自分を颯真の嫁だと言い張るのだろう。それとも、獣人に性別は関係ないのだろうか。いや、仮にそうであっても颯真自身がはっきり否定しているのだし、少しは人の話を聞くべきだ。

「うるせぇなッ！」

びりっと空気を震わせて、凄《すさ》まじい怒号が颯真の口から飛び出した。

隣にいた梢は鼓膜を直撃され、くらっと重心をふらつかせる。すかさず颯真の手が肩に回され、思い切りよく抱き寄せられた。

「あ、ありが……」

「こいつはな、嫁が見つかるまでの繋ぎなんだよ！」

「は？」

ちょっと待て。

今、彼はとんでもないことを口走らなかったか。

「あの、颯真さ……」

「俺がこんな苦労してんのも、ゆうたろうが約束を反故《ほご》にしたからだ。こいつはゆうたろうの孫だし、代わりに責任を取ってもらう。嫁が見つかるまで、罪滅《ほろ》ぼしとして屋敷で身の回りの世話をさせる！　いいな！」

「よくないよ！」

血相を変えて、梢が叫んだ。

「冗談じゃない！　あんた、一秒も考えないで何血迷ってんだよ！　まさか、こんなことのために俺を騙《だま》してここへ連れてきたのか？　くそ、やり方が汚いよッ！」

「うるせぇうるせぇうるせぇッ！　俺が決めたんだ、文句言うな！」

「そっちこそ逆ギレすんな！　あんたが迎えに来るのが遅かったから、約束が反故になったんじゃないか！　第一、嫁の代わりに世話を焼けって何様のつもりなんだよっ。自分のことくらい、女房をあてにしないで自分でやれ！」

「う……」

思いの外、痛いところを突いたらしく、颯真が赤くなって怯んだ。しかし、怒り心頭の梢は容赦なく追い打ちをかける。

「とにかく、俺にはあんたの世話を焼いてる余裕なんかないんだからな。くそ、こんなことならバイトの面接、もう一つ行けば良かった。まさか、こんな横暴な真似をするとは思わなかったよ。嫁の件は気の毒だと思うけど、あんたがそんな態度じゃ無駄《むだ》な努力なんじゃないの。何百年かかったって、嫁になろうなんて女は一人も現れないからなっ」

「うーわー、きっつー」

恐れ入った、と言うように和兎が肩を竦《すく》めて呟いた。怯える狐鈴を抱いた玲雄が、困りきった顔で「和兎、茶々入れんなよ」と窘《たしな》める。緊張高まる空気の中、まるきり表情を変えずに成り行きを見ていた琥珀が、おもむろに口を開いた。

「――わかった」

「琥珀……？」

「颯真、君が孤高の狼族きっての大バカだってことが」

「何だと、てめぇッ！」

たちまち颯真が気色《けしき》ばみ、牙を剝《む》き出して吠えかかる。だが、琥珀は片眉を優雅に顰めただけでまったく相手にしなかった。

「ねぇ、颯真が連れてきた人」

「は……はい」

金色の瞳を真っ直ぐに向けられた途端、梢の頭からすうっと怒りが引いていく。容姿の整った獣人たちの中でも、琥珀の透き通った美貌は抜きん出ていた。

「颯真の非礼は、代わって俺がお詫びする。で、物は相談なんだけどバイトしない？」

「え？」

「罪滅ぼし、なんて泥臭い理由じゃなくて、あくまで仕事として。俺たち、こっちの世界に来てまだ一週間くらいなんだ。だけど、ちょっと事情があって春まではこの屋敷で過ごさなきゃならない。その間、不慣れな生活で毛並が荒れないとも限らないし」

「毛並……」

愛おしそうに自分の尻尾を撫《な》でながら、琥珀は意味ありげな微笑を浮かべる。

「仕事は簡単だよ。食事の支度と後片付け。それから屋敷と庭の掃除、洗濯。早い話が、ハウスキーパーだね。俺は夜型だから、できれば通いじゃなく住み込みがいいな。真夜中にキャラメルミルクパンケーキが食べたくなった時、作ってくれる人がいたら幸せだ」

「ぼくはあぶらげ！　あまくした、あぶらげとごはん！」

「お、俺はハンバーグとかステーキとか、がっつり腹にたまるものがいいなぁ」

「僕は、野菜でなきゃ嫌だね。ベジタリアンなんだ」

「……というわけで、どうかな？」

琥珀の提案に便乗し、皆の期待に満ちた眼差しが一斉に注がれた。大バカと罵《ののし》られた颯真だけは乗ってこなかったが、激しい動揺が揺れる尻尾に表れている。予想だにしない展開に戸惑い、梢もしばし返事ができなかった。

「あの、有難い申し出ではあるんですけど少し考え……」

「バイト代は、一ヶ月で二十万」

「やります」

間髪容《かんぱつい》れずに、即答する。高校生が一ヶ月に稼げる額ではなかったし、もとより家事は得意な方だ。颯真のやり口には腹が立ったが、琥珀の方は信用できそうだと思った。

「へぇ、やってくれるんだ？」

「ただし、年が明けてからでいいですか。祖父の四十九日を終えてからで」

素早い決断に、むしろ琥珀の方が意外そうだ。普通のハウスキーパーならいざ知らず、獣人たちの世話となれば尻込みするのが当たり前だからだろう。

「本当にいいの？　俺たちみたいな、素性の知れない生き物と暮らすんだよ？」

「でも、悪い人たちには見えないから」

「…………」

「あ、颯真さんは別です。騙し討ちみたいなことして、心底見損ないました。だけど、俺、ちょうどバイトを探していたんです。春までなら自由登校の時間を使えるし、家事はそこそこ経験あります。だから、頑張ります。繋ぎだの罪滅ぼしだの言われるより、よほど働き甲斐《がい》がありそうです」

「……だってさ、颯真。信頼回復、大変そうだね」

「うるせぇ……」

琥珀に冷やかされ、苦虫を嚙み潰したような顔で颯真が呻《うめ》く。

だが、彼への好感度が激減した梢は、ツンと無視したまま相手をしなかった。

2

獣人たちの屋敷でバイトするにあたって、唯一にして最大の難関は母親だった。

常識的に考えて未成年が住み込みでバイトなんて許してもらえるはずはなく、梢は一生懸命それらしい理由を考える。幸い授業の単位は卒業まで足りているし、三学期はほとんど休んでも差し支えはなかったが、祖父の四十九日を早めに済ませた一月から三月までという期間、まるまる家を空けることに僅《わず》かな不安は拭《ぬぐ》えなかった。

「あんた、じいさんの尻拭いしてるんじゃないのかい？」

そんな梢の味方になってくれたのは、意外にも祖母だった。詳しい事情など一切話さなかったにも拘らず、彼女は渋る母親を進んで説得してくれたのだ。まさか狼男と同居だとは言えないので、「友人が入居している老人ホーム」で「人出が足りないからと泣きつかれた」んだと作り話までしてくれた。どうしてそこまで、と不思議がる梢に、祖母は悪戯《いたずら》っぽい笑みを浮かべてこっそりと打ち明けた。

「この前じいさんに線香をあげにきた人、どこかで見覚えあるなぁと思ったんだよ。それでね、遺影に手を合わせている姿を見ていたら、結婚したばかりの頃にじいさんから聞いた話を思い出したのさ」

「じいちゃんの……」

「〝娘が生まれたら、嫁に欲しいと迎えに来る奴がいるかもしれん〟って。その時は、何を気の早いこと言ってんだろ、くらいにしか思わなかったんだけどね。朋美が成人してだいぶたってから、〝もう大丈夫だろう〟って酔った勢いで話してくれたんだよ。子どもの頃、狼の耳と尻尾を持った男と娘が生まれたら結婚させる約束をしたんだって」

「それ、本当？」

驚く梢に、祖母は照れたように頷いてみせる。

「ま、あたしも話半分にしか聞いちゃいなかったんだけどね。一度だけ、じいさんが言ってたのとよく似た風貌の男を家の近くで見かけたことがあってねぇ。あの当時、あたしとじいさんはY県の田舎に住んでいたんだけど、あの仮装した青年がその時の男にそっくりだったんだよ。狼の耳と尻尾があって、えらく背の高い男前でさ。そんな奴、この世にそう何人もいるわけないだろう？」

「…………」

「世の中には、不思議なこともあるんだねぇ。あれから十何年もたつのに、あの男はちっとも年を取っていなかった。だから、今度はあんたがじいさんの代わりに何か約束を迫られてるんじゃないかって心配だったんだよ。梢、そういうわけじゃないんだね？」

事と次第によっちゃ、あたしが話をつけに行ってやるよ。

祖母は頼もしくそう言ってくれたが、梢にしてみれば充分だった。春まで住み込みで家政婦のバイトを頼まれたと話したらさすがに驚いていたが、梢がやりたいなら、と許してくれたのだ。そうして、少しはにかんだように祖母は笑った。

「実を言うとねぇ、あの狼男は、そんなに悪い奴じゃない気がするんだよ」

「どうして」

「ほら、一度だけ家の近くで見かけたと言ったろう？　あれは、朋美がおまえを産んで里帰りしてきた時のことだった。あたしと朋美は、あんたをじいさんに預けて買い物に出ていたんだけど、帰ったらじいさんがあの男と話してたんだ。赤ん坊の梢を見て、あの男は笑ってたよ。その顔が、ひどく嬉しそうでねぇ。おばあちゃん、その時に思ったんだ。妖怪だか物の怪だか知らないが、あんな顔で笑える奴に悪いことはできないって」

「ばあちゃん……」

祖母の話によると、そのまま颯真はすぐ立ち去ってしまい、それきり二度と姿を見せなかったんだそうだ。祖父も、彼と何を話したかまでは言わなかった。

（そんなことがあったなんて、あいつ一言も言わなかったぞ……）

しかも、赤ん坊の梢を見て嬉しそうに笑っていたという。

何だか先日の彼が口にした「繋ぎ」や「罪滅ぼし」といった単語とは、ずいぶん程遠いイメージだ。ますます颯真のことがわからなくなり、梢は少し混乱した。

（だって、本当なら憎いはずだろ。嫁にするはずの女が、よその男の子どもを産んだんだから。それなのに嬉しそうな顔で笑ったりとか、できるのかよ……）

一体、颯真とはどういう奴なのだろう。

粗野で不遜で強引で、思い返すとろくな印象がない。それなのに、何故だか嫌いだとは思えなかった。この間のやらかしで好感度は急降下したが、あれは呆れたと表現した方が正しい。もし、素直に「ごめん」と言われたら、きっと許してしまうだろう。

（あれから何も言ってこないけど、ちょっとは反省してるのかな）

これからの三ヶ月弱、同じ屋根の下で暮らすのだ。気まずい空気は、できるだけ減らした方がいい。颯真が同じ気持ちならいいけど、と梢はこっそり願っていた。

兎、猫、子ぎつね、ライオン――それから狼。

種族がバラバラな五人の獣人と梢との、期間限定の奇妙な同居が始まった。

「う～ん、まるで無法地帯の動物園だな……」

本人たちには甚《はなは》だ失礼な感想だと思うが、第一印象として呟かずにはいられない。

五人はそれぞれ個室で生活し、自由気ままな日々を送っているようだ。とはいえ、毎日ナンパに繰り出す和兎と嫁探し（と、梢は推測している）に出かける颯真以外は、滅多に屋敷から出ることはない。琥珀はいつ見かけても眠っているし、幼児の狐鈴は一人で勝手に出歩かないよう常に玲雄が側についていた。その様子は年の離れた兄弟のようで実に微笑ましかったが、狐鈴の態度は時に尊大で、まるで王様と家来にも見える。

「玲雄くん、子どもの面倒見がいいよね。保父さんとか、向いてるかも」

「そ、そうっすか」

特売日の荷物持ちに付き合ってもらったある日、キッチンで戦利品の仕分けをしていた梢は何の気なしにそう言ってみた。街の中心地まではけっこう歩くので、買い物だけは数日おきに買い溜めする方法を取っている。従って、住人の中で一番力持ちな玲雄の手伝いは非常に有難かった。

「仕方ないんですよ。和兎と颯真は留守が多くて、琥珀はマイペースだから」

「それもあるけど、やっぱり人柄だと思う」

「そんな……」

玲雄は満更でもない様子で顔を赤らめたが、すぐに「でも……」と弱音を吐く。

「俺なんかダメです。ただ、狐鈴は特別だから」

「特別……？」

「それに、俺、昔から子どもにはやたら好かれるんです。でも、俺に獅子族たる威厳《いげん》がないからだって父によく叱られました。自分でも、そう思います。獅子族は俺たちの世界じゃもっとも勇敢《ゆうかん》な一族なのに、長男の俺がこんなんで申し訳ないです……」

しょぼん、と耳と尻尾を項垂れて、玲雄は重たく溜め息をついた。外出中は必ず擬態する彼らだが、屋敷の中に一歩入るとすぐさま解く者が多い。

「ええと、そういえば狐鈴はどこ行ったのかな」

何も気の利いた慰めが思い浮かばず、梢は明るく話題転換を試みる。買い物についてきたがるのを、玲雄が珍しく「ダメだ」と強硬に突っ撥《ぱ》ねたのだ。人一倍好奇心が強く、幼いだけにどこで擬態が解けるかわからないから、と言っていたが、それにしても用心がすぎる。狐鈴くらいの年齢なら、耳や尻尾も「作り物です」で充分通せそうなものだ。

「ちゃんと留守番できたら、おやつにお稲荷《いなり》さんを作ってあげる約束してたんだ。琥珀さんじゃ、子守りはしていないだろうし部屋にいるのかな?」

「狐鈴は、琥珀さんのことが苦手ですからね。あの人は、狐鈴を特別扱いしないし」

「うん、何だか王様みたいだよね。俺をバイトに誘った時も、誰も彼には反対しなかった。あの颯真でさえ、やり込められてたもんなあ」

思い出すと痛快な気持ちになり、梢はくすくす笑い出す。つられて玲雄も一緒に笑っていたが、気がつくとその顔はまたもや暗くなっていた。

「玲雄くん?　どうかし……」

「俺は、別にやり込められたりしてねぇぞ」

背後から憮然とした声が聞こえ、ハッとして身を強張《こわば》らせる。てっきり出かけていると思ったのに、すぐ後ろに颯真が立っていた。しかも、声の感じはすこぶる不機嫌だ。

「えっと……俺、狐鈴を探してきます……」

沈みゆく船から逃げ去るように、玲雄がとっととキッチンから走り去る。だが、梢はそうはいかなかった。ハウスキーパーにとってキッチンは自分の城も同然だし、何より颯真に屈するのは意地とプライドが許さない。

(だって、こいつ全然謝ってこないし！)

我ながら子どもっぽいとは思うが、この屋敷で働き始めてから一週間、ほとんど颯真との間に会話はなかった。梢はあっという間に皆と打ち解けたし、足に狐鈴をくっつけて歩くのもすぐ慣れたくらいの順応性を見せたので、まるきりサポートの必要がなかったせいもある。自分が連れてきた人間なのに、と彼が面白く思っていないのは、拗ねた顔つきや態度から丸わかりだった。

だが、正直そんな颯真を梢は可愛いと思っていたりもする。

本人は隠しているつもりでも、感情は耳や尻尾にそのまま反映されるので、その動きで本音がわかるのだ。他の連中に梢が頼られたり、楽しそうに会話している場面に出くわすと、白銀の尻尾はすぐさま落ち着きを無くしてぱたぱた左右に振れる。それに気づかない振りを続けながら、心のどこかでは少し面映《おもはゆ》い気持ちになっていた。

「おい、梢。こっち向けよ」

「何で命令なの。俺、あんたの〝繋ぎ〟じゃないんだけど」

「……根に持ちやがって」

小さく口の中で毒づかれ、梢はますます頑《かたく》なに背中を向け続ける。

「こだわってるのは、どっちだよ。失礼なことしたって、思わないのかな。あんな言い方しなくたって、普通に頼んでくれれば引き受けたのに」

「う……」

「颯真さん、俺をここへ連れてくる時に言ったよね。皆に、おまえを紹介するんだって。あれ、ちょっと嬉しかったんだ。俺の方を、自分側の人間みたいに言ってくれて。だから、余計にがっかりした。嫁探しが大変なのはわかるけど、完全に八つ当たりじゃないか」

「ああもうっ」

不意に颯真の腕が伸びてきて、胸の前できつく交差した。重なる体温に狼狽し、不覚にも頬が熱くなる。うわ、と心の中で漏らした言葉を、まるで掬《すく》うように颯真が言った。

「驚かせて悪かった」

「え……」

「あと、ええと、いろいろ悪かった。だから、機嫌直せ」

「颯真さん……」

「颯真、でいい。さっき、玲雄にはそう言ってただろ。そんで、俺にも俺の好きなメシを作ってくれ。あいつらのリクエストを聞いた時みたいに。……いいだろ？」

「…………」

いいよ、と頷きたかったのに、身体が上手く動かない。

背中に響いてくる颯真の鼓動が、どんどん速くなって梢の心音と混ざり始めた。どちらも競うようなスピードで、目まぐるしく互いの身体を行き来する。

「颯真……の好きなご飯って……」

「――肉」

ふわふわした気分を一瞬で吹き飛ばす、もの凄い破壊力だった。梢はぷっと吹き出し、たまらずげらげらと笑い声を上げる。急に笑われて颯真も面食らっていたが、自分の腕の中でお腹を抱える梢に、ようやく安堵の息を漏らした。

「なになに、おもしろいこと？　おしえておしえてー」

玲雄のお迎えで部屋から出てきた狐鈴が、たかたかっと駆けこんでくる。梢は目の端の涙を拭いながら、身体を反転させると真っ直ぐ颯真と向き合った。

「わかった、肉だね」

「お……おう」

「じゃあ、今夜は颯真用にビーフシチューを作ろうか。お肉ごろごろ入れてさ。あ、和兎さんには野菜だけのホワイトシチューにすればいいよね」

梢がそう言うと、狐鈴が「りょうほうくう！」とバンザイをする。

子どものはしゃぐ声を背景に、颯真が「悪くねぇな」とニヤリとした。


人間とのセックスは好きだな、と和兎は思う。

こちらの世界に滞在するのは気が重かったけれど、春までの辛抱なんだから諦めるしかない。それなら楽しみを見つけてやろうと、できるだけ多くの雄や雌とセックスをすることにした。幸い容姿には自信があるので、相手を見つけるのは簡単だ。

「でも、雄との方が具合がいいみたいだ。相性かな」

「おまえ、さっきから集中してないだろ」

「あ、バレた？」

自分を組み敷いた相手が、呆れたような溜め息を漏らす。興《きょう》が殺《そ》がれたのか彼は愛撫を止めると、和兎の上からごろんと横へ退いてしまった。

どうしよう。機嫌を取って再開すべきかな。

少しの間迷ったが、すでに三回目なので飽きてきたのも事実だ。和兎は勢いよく起き上がると、「どこ行くんだよ」と尋ねる声を無視して裸のままバスルームへ向かった。

「ラブホテルって、面白いよなぁ」

シャワーのコックを捻《ひね》って、頭からお湯を浴びる。都心の繁華街で知り合って、そのまま近くのホテルへ直行したのだが、誰とどこのホテルへ入っても毎回中の作りが面白くてわくわくした。まるで遊園地みたいだし、狐鈴を連れてきたら喜ぶかな、と思う。

「まぁ、奥手の玲雄が許すわけないか。あいつ、騎士サマだからねぇ」

髪の毛をお湯で洗っていたら、気が緩んだのかひょっこり耳が出てしまった。ヤバい、と慌てて元へ戻し、念のために腰にも触ってみる。ふかふかの手玉に似た可愛い尻尾は一番の自慢なのに、ベッドを共にした相手に見せられないのは非常に残念だ。

でも、しょうがないか。

つるんとした細い腰に安心しつつ、和兎は胸で呟いた。行きずりの快楽供給者に秘密を見せてやるほど、人間に心を許す義理はない。うっかり距離を近づけたら、不幸になるのは目に見えている。颯真は「人間の嫁をもらう」なんて戯言《たわごと》を言っているけれど、それがどんなにバカバカしい思い付きか、和兎は誰より知っていた。

「自分だけじゃない、周りも相手も全員不幸にするんだから。そんなの、本当の恋じゃないよ。独《ひと》り善《よ》がりで身勝手で、迷惑この上ない行為じゃないか」

ぱしゃぱしゃ、と顔を洗い、じゃあ『本当の恋』って何かな、と思う。

セックスの最中は「可愛い」「綺麗だ」と誰もがくり返すが、そんなのは幾らでもノリで言える。あれは愛の言葉じゃなく、一種の合い言葉みたいなものだ。

だけど、「好き」って音が混じると、たちまち勘違いする輩《やから》が現れる。そういうおめでたい連中と関わるのは絶対に御免だった。そのお蔭で、和兎の家族は不幸になったのだ。

「おい、出てこいよ。もう時間だぞ」

磨《す》りガラスの向こうで、相手が急《せ》かしてきた。これさえなければなぁ、と凄く残念な気分になる。シティホテルなら、二時間で出なくちゃいけない決まりはないんだけど。

三回目、やっとけば良かったかな。

シャワーを止めると、和兎はふるふると頭を振って雫《しずく》を散らした。


梢がバイトを始めて、あっという間に一ヶ月が過ぎた。

個性豊かな面々だけあって初めは面食らうことも多かったが、最近ようやくペースが摑めてきたように思う。獣人たちの食事は自分たちと変わらないし、祖母仕込みの梢の料理は彼らになかなか好評だった。唯一の苦労は掃除で、尻尾からの抜け毛には閉口したが、これはかりはやむを得ない。生え変わりの季節に比べれば、きっとマシな方だろう。

「ソファが大変なんだよな。琥珀さんが、うたた寝してるから」

「……おい」

「油断すると、タオルとかまで猫の毛だらけになるからなぁ」

「おい、梢！」

うっかり考え事に耽《ふけ》っていたら、険しい声が飛んで来た。ふんわりした毛の塊が、膝の上でばふっばふっと不満を訴えている。うっかり手を止めていたことに気づき、梢は慌ててブラッシングの続きを再開した。

「颯真、そんなに尻尾を動かすなってば。毛がシーツに飛び散るだろ」

「うっせ。おまえがボーッとしてるからだろうが。俺サマの尻尾を手入れできるなんて、光栄なことだぞ。もっと有難がって丁寧に……」

「わかった、わかった。あんたが毛だらけのベッドで寝ようが、俺には関係ないしね」

「洗濯するのは、おまえだけどな」

憎まれ口を叩いて、颯真はフンと唇の片端を上げる。抜け毛対策にとほんのちょっとブラッシングを試したらいたく気に入られてしまい、それ以来ほぼ毎晩部屋に呼ばれては奉仕させられているのだ。ベッドに並んで腰掛け、白銀の尻尾を当然のように差し出されると、何だかなぁと思いながらもけっこう楽しく手入れに精を出してしまっていた。

「梢、昼間は狐鈴のブラッシングもしてるだろ」

「うん。時々、琥珀さんにも頼まれるよ。玲雄や和兎さんには必要ないんだけど、ずるいって顔されるからちょっと困るかな」

「じゃあ、やめればいいだろ。俺だけにしとけば、揉《も》めないじゃないか」

「そういうわけにはいかないって。これも、仕事の一つなんだから」

にべもなく断ったら、むうっと拗ねたようだ。颯真は何かにつけて梢を独占したがり、第一発見者が所有権を主張するかのような口を利く。

「あのさ、颯真」

丁寧に毛を梳《す》きながら、仏頂面《ぶっちょうづら》の横顔に話しかける。

「その後、嫁候補は見つかった？　毎日のように出かけてるけど」

「見つけてたら、すぐに連れ帰ってる。それに、俺は和兎とは違う。あいつのように、気軽に他人へ声をかけたりできるものか」

「じゃあ、街へ出て何してるんだよ。ただうろついてるのか？」

「仲間を探している」

「え？」

「俺たちの世界から、こっちの世界に移り住んだ奴らだ。数は少ないが、噂で聞いたことがある。ただ、何度も言うように寿命の違いがあるからな。いつまでも年を取らないと、周囲から化け物扱いされて迫害されるから、一ヶ所に長くは留まれない」

「……そう……だよね……」

そんな思いをしてまで、こちらの世界で生きる者がいるのか。想像するだけでやりきれないと溜め息をついたら、続けてポツリと颯真は言った。

「仲間に会えたら、訊いてみたいことがある。大事なことだ」

「訊いてみたいこと？　でも、獣人はこっちの世界じゃ擬態してるんだろ。どうやって見分けるんだよ。あ、合言葉とか？」

「そんなんじゃねぇよ、バーカ」

尻尾の先で梢の鼻先を軽く叩き、颯真は真面目くさった顔になる。

「確かに俺たちは人間の前では擬態しているが、仲間同士ならすぐに気配や匂いでわかるんだ。俺や和兎たちがこの屋敷に滞在していることも、距離によっちゃ感じ取れる」

「それ、凄いじゃないか。やっぱり、颯真たちって獣人ってだけじゃなくて、何か不思議な力を持った種族なんだな。大体、擬態からして魔法みたいだし」

「何で梢が興奮してんだよ」

「だって……」

くすりと笑われたが、その割にけっこう嬉しそうだ。颯真の機嫌はほとんど尻尾でわかるが、今は安心しきって梢に委《ゆだ》ねている。どうせ認めないだろうから口には出さないが、それもちょっと嬉しかった。

「別に魔法が使えるわけじゃない。人間より感覚が鋭いだけだ。擬態は、まぁ進化の一環だな。先祖たちがこっちに来る時は、帽子や服装でごまかしてたって言うし」

「へぇ。じゃあ、そんな昔から獣人たちは出入りしてたんだ」

「簡単に言うが、いろいろ制限があって面倒臭ぇんだぞ」

「制限……」

「一年以上こっちに残っちゃいけねぇとか、一度に出入りできる人数とか。俺たち狼族に拘らず、獣人はどこの種族も数が少ないからな。いろいろ決まり事を作って、できるだけトラブルを回避するようにしてるんだ。こっちの世界との接触を、完全に禁止しようって意見もあるくらいだ」

「だったら、颯真が人間の嫁を連れて帰るなんて無理なんじゃないの？」

梢にしてみれば、しごく真っ当な疑問にすぎない。

けれど、その途端、ピタリと尻尾が動かなくなった。

「颯真……？」

急に険しくなった表情に、地雷を踏んだのかと心配になる。思わずブラシを動かすのを止め、どうしようと戸惑っていたら、突き刺すような瞳がこちらに向けられた。

「無理なのは、百も承知だ」

「颯真……」

「おまえが前に言ったように、俺たちと人間じゃ違いすぎる。寿命の問題もあるし、互いに相容《あいい》れない部分も多いだろう。だけど……俺は諦めたくない」

「…………」

「もし、小さな一点でもわかり合えるなら、そこを突破口にしたい。諦められない以上、とにかく頑張るしかねぇだろ。……まぁ、俺一人で頑張ったってダメなんだけどよ」

熱く語る自分に気恥ずかしくなったのか、不意にぱたぱた尻尾が揺れた。

梢はハッとして現実へ戻り、速まる鼓動に狼狽する。あろうことか、自分は颯真に見惚れていた。まだ巡り会ってもいない彼の伴侶に対して、微かな嫉妬さえ覚えていたのだ。

（な、何を考えてんだよ。そりゃ、ちょっと感動したけどさ。相手は男だぞ、男！）

ここへ来た時、皆からさんざん嫁呼ばわりされたので、変な意識が芽生えたのかもしれない。冗談じゃないや、と梢は慌て、必死に平静を取り繕おうとした。

「そ……それじゃや、本当に残念だったね。母さんを迎えに行くのが遅くなって……」

「まぁ、痛恨のミスってヤツだな」

すっかりケリをつけたのか、存外颯真は普通に答える。祖母の話によると梢が生まれた時に会いに来ていたのだから、少なくとも十八年前には「出遅れた」事実を知っていたわけだ。だったら、さすがに諦めがついてる頃か、と一度は納得しかけたが、ふと別の謎が湧《わ》いてきた。

「なぁ、颯真」

「ん？」

「それじゃ、あの日どうして家の前に立ってたんだ？　確か、じいちゃんが死んだって知らなかったんだよな？　母さんのことはとっくに諦めていたんなら、何で……」

「………」

そうだ、どうして今まで気がつかなかったのだろう。

玄関前に仁王立ちになって、颯真は家の人間が出て来るのを待っていた。しかし、何の目的もなく祖父に会いに来たとは考え難い。先ほどの話によれば、獣人は気軽にこちらの世界へ来られるわけではなさそうだし、気まぐれにふらりと訪ねた、というわけにはいかないはずだ。

「それは……」

「ばあちゃんが言ってたんだ。俺が赤ん坊の頃、颯真に会ったって。だから、母さんを嫁にもらうのは無理だって、もうその時に知っていたはずだろ？　それなら、今度の目的は何だったんだよ」

「そ……」

「まさか、俺……」

勢いで言いかけて、（バカな）と慌てて口を閉じる。

（バカバカ、俺のバカ！　幾らなんでも、ありえないだろっ！）

梢は、猛烈《もうれつ》な恥ずかしさに打ちのめされた。もう少しで、「自分を迎えに来たのか」と訊いてしまうところだったのだ。

（あ〜、もうどうしちゃったんだよ、俺……）

狼族の存続のために嫁を探しに来ているのに、男を娶るわけがない。そもそも、颯真の眼中には最初から自分などいなかった。彼が求めていたのは「ゆうたろうの娘」で、その約束が反故になったからといって男の孫に興味が向くはずもない。

（ていうか！　興味持たれても困るだろ！）

そう自分へ言い聞かせたが、気づけば白い毛に覆われた三角耳が目の前でふるふる震えていた。何か物言いたげな様子は、いかにも秘密を抱えていそうだ。

「……どうして」

「え……」

颯真の漏らす苦々しい声音に、梢は心臓を掴まれる。

「どうして、梢は雌じゃないんだろう」

「…………」

「あんなに良い匂いがしたのに。だから、俺はてっきり……」

「そ、颯真……？」

あっと思う間もなく顔が近づき、困惑した表情が間近に迫った。梢は思わず身体を引きかけたが、素早く二の腕を摑まれて動けなくなる。

そういえば、匂いがどうとか彼はくり返し言っていた。あの言葉には、こちらが考えるより深い意味があったのだろうか。

「颯真、あの……」

「おまえが雌なら、何の問題もなかった」

すっと颯真が目を細めた瞬間、剣呑《けんのん》で艶《つや》を帯びた眼差しに変わった。それは、肉食獣が獲物を品定めしているような、欲望を内包した冷ややかな色だ。

「ゆうたろうは、俺に言ったんだ。おまえの名前は〝こずえ〟だと。だから、俺は勘違いした。孫は女だと思ったんだ。娘がダメでも、孫がいれば問題ない。今度は出遅れることがないよう、二十歳を待たないで迎えに行こうと思った」

「ま……さか……」

「おまえだって、自分で言っただろう。確認のために名乗らせたら、〝女みたいな名前〟だって。ゆうたろうの奴、孫が男でさぞかしホッとしただろうよ。さすがに、男との間に子どもは作れないからな」

「…………」

あまりのことに、梢は絶句するしかなかった。

想像した通り、颯真の目的は自分を迎えに来ることだった。けれど、それは梢を動揺させた甘い動機なんかではなかったのだ。母親がダメなら孫を――そんな即物的な理由だったことが何故だかひどく腹立たしい。ゆうたろうを気に入っていたから娘も好きになるはず、とは言っていたが、同じノリで自分を選ばれたって迷惑なだけだ。

「俺の……俺の意志はどうなるんだよ……」

「は？」

「あんたは一人で暴走してるみたいだけど、俺にだって選ぶ権利があるんだからなっ。母さんの代わりに孫だ？　バカにすんのもいい加減にしろよっ」

「梢……」

突然怒り出した梢に、颯真はただ面食らっている。きつく睨みつけた彼の顔は、こちらの真意を測りかねて困惑の色に染まっていた。

「おまえ、何を怒ってんだ？　俺はただ、おまえが雌なら良かったと……」

「俺は、男に生まれて良かったよ！」

「…………」

「何だよ、その全否定。あんたにとっちゃ男の俺は無価値かもしれないけど、女だったら有無を言わさず狼男の嫁にされてたかもしれないんだろ。だったら、男に生まれて心底良かったよ！　住む世界も寿命も違う、ついていったって歓迎されないかもしれない、そんな相手と結婚なんて冗談じゃない。死んだって御免だよ！」

「何だと……」

瞬時に、颯真の目つきが険しくなる。それは、獰猛な光を秘めた獣の瞳だった。本能的な恐怖にかられ、失言を悔いる前に梢は逃げ出そうとする。だが、本気になった颯真から逃げるのは不可能だった。

「あ……っ」

一瞬で押し倒され、マットレスに深く沈み込む。素早く颯真が伸《の》し掛《か》かり、抗う機会は全て奪われた。荒々しいけだものに見下ろされ、梢は怯えて動けなくなる。感情を支配するのは、相手への戸惑いと混乱だけだった。

「颯……真……」

「俺の嫁になるのは、死んだって嫌かよ」

「…………」

違う。本当は、そんなことが言いたかったんじゃない。

もしもの話ではなく、自分自身を見てほしかったんだ。

梢はそう言いたかったが、喉がひくついて言葉にならなかった。摑まれた左右の手首が痺《しび》れ、動きを封じられた身体が小刻みに震える。

「お……れは……」

凍《こご》えた視線を避けたくて、梢は必死に声を出そうとした。だが、焦《あせ》りが舌を強張らせ、言い訳の一つも紡《つむ》ぐことができない。どちらにせよ、下手なことを口走れば喉笛に牙を立てかねない迫力が颯真にはあった。

「俺が人間の嫁を娶ると言ったら、仲間の誰もが止めたよ。梢、おまえが言ったように上手くいきっこないってな。生きる時間が違うのに、添い遂げるなんて無理な話だ。嫁が先に老いて死んだ時、おまえはどうするんだと言われた」

「…………」

「でも、それが何だ？　好きな相手と過ごせるなら、たとえ一瞬であっても俺はその道を選ぶ。置いて行かれるのがどうした？　先に逝き、相手を一人にさせるよりマシだ」

「颯真……」

「その後、百年の孤独が待っていようと俺は構わない。共に過ごした記憶があれば、何もないよりも遥かに幸せだ。もとより、いつ死ぬかなんて誰にもわからないんだ」

それは……と、心の中で梢は答える。

颯真の気持ちには迷いがなく、真摯な言葉には頷きたくなる。けれど、もし自分が彼の伴侶だったら、やっぱり愛しい相手を残して逝くのは辛すぎると思った。本人がどれほど「幸福だ」と言おうと、あなたを孤独にしたくないと最期の瞬間まで願うだろう。

でも、それでも好きになってしまったら――。

「何で、そんな顔をする？」

「え……」

息がかかるほどの距離で、颯真の唇から鋭い牙が覗く。

「梢、苦しそうだ。俺のことが、嫌いだからか？」

「ちが……」

否定を聞かず、強引に唇を重ねられた。

貪《むさぼ》るように吸われ、情熱的な愛撫を受けて、目の奥がちかちかと光り出す。歯列を割って侵入した舌が、戸惑う梢の舌を巧みに搦《から》め捕《と》って翻弄《ほんろう》した。

「んぅ……」

初めての感覚に引きずられ、心臓が飛び出しそうなほど速くなる。

跳ね上がる鼓動が胸を叩き、颯真の重みがそれを押し潰そうとした。あまりの苦しさに涙が滲んで、擦れる唇が火のように熱くなる。淫《みだ》らな刺激に煽られて、梢の呼吸は荒く艶《なま》めかしく口づけを濡らした。

「……ぅ……んん……っ」

呼吸すらろくに許されず、次第に息ができなくなってくる。

唾液に混じる鉄の味は、唇に滲んだ血だと気がついた。颯真の牙がつけた傷だ。

「そ……ま……やめ……」

懇願も聞き入れられず、強烈な快感が梢を蹂躙する。酸素を求めて唇を開けば、新たな口づけにまた犯されるだけだった。

「くる……し……」

声が漏れるたびに更なる激しい愛撫を受け、梢の意識は徐々に霞《かす》んでいく。死ぬかもしれない、とちらりと思ったが、狼の口づけが死因とは誰も信じないだろう。

「くそ……どうしてなんだ」

颯真の声が、遠く近く鈍い音で響く。

「どうして、一緒に生きたらダメなんだ……」

「そ……ま……?」

「俺は……」

颯真の言葉を、梢はそれ以上聞くことができなかった。

深い水底へ引きずり込まれるように、それきり意識は遠くなっていった。

3

ばあちゃんへ。

俺がバイトを始めてから、早いもので一ヶ月がたちました。その後、母さんと二人で元気にやっていますか？　俺は、何とか頑張っています。ばあちゃんが仕込んでくれたお蔭で、料理も「美味《おい》しい」とよく食べてもらってるよ。日々の報告は母さんにメールを送っているけど、たまには手紙もいいかと思い立って書いています。

そういえば、チェロを置きっ放しにしたままでごめん。もう弾くことはないから早く処分しなくちゃと思うんだけど、バイトが終わるまでの間、しばらくばあちゃんの部屋に置かせてください。手元に残そうかと少し迷っていて、なかなか踏ん切りがつきません。でも、すっぱりやめるなら未練がましくしていちゃダメだよな。

来月には、いよいよ高校も卒業です。専学への入学準備もあるしその前に何回かは家へ戻るつもりだけど、やっと慣れてきたところなのでしばらくはこっちで――

「う〜ん、チェロのくだりは泣きごとっぽいな。書き直した方がいいかも」

途中まで書いた手紙を冒頭から読み返し、梢はしかめ面で考える。

母親へのメールではなく祖母宛ての手紙にしたのは、彼女の方がバイトの背景について承知しているからだ。先日我が身に起きた屈辱的な出来事を報告するつもりはないが、それでも少しは気を紛《まぎ》らわせることができる。

「ああもう、思い出すと腹が立つ」

ムカムカとこみ上げる怒りを持て余し、深夜のキッチンで孤独に毒づいた。こんな姿、惨めすぎて誰にも見られたくない。あのエロ狼、と罵りながら唇に刻まれた感触を拭い去ろうとし、忌々しい面影を頭から追い出そうとする――が。

「……〝そういえば、チェロを置きっ放しにしたままでごめん。もう弾くことはないから早く処分しなくちゃと思うんだけど……〟。へぇ、梢くんってチェロ弾けるんだぁ」

「か、和兎さんっ？　人の手紙、勝手に読み上げないでくださいよっ」

突然の闖入《ちんにゅう》者に、梢は己の迂闊さを悔やんだ。皆すっかり寝ていると思ったのだが、この屋敷には夜遊び専門、朝帰り上等の人物が一人いたことを失念していた。

「ふぅん、古風にもお手紙かぁ。梢くん、おばあちゃんっ子なんだね」

「ほっといてください。それより、お酒臭いですよ。そんなんじゃ、また琥珀さんに嫌みを言われますからね。……って、言ってるそばから返してください！　手紙！」

「まぁまぁ。えーと〝専学への入学準備もあるし何回かは家へ戻るつもりだけど〟って、何だ、音大に進学するんじゃないんだ」

「和兎さんっ！」

「でも、そうか。やめるって書いてあるもんね」

ちろり、と意味ありげな流し目をくれてから、ちょこんと隣に座った和兎が「ふふふ」と笑う。その途端、柔らかな髪から天に向かってぴょこりと長い耳が二つ飛び出した。真綿のような白い毛に覆われた兎の耳は、中央がピンク色で艶めかしい。

「傷心の梢くん。僕が慰めてあげようか」

「え？」

「ふふふふふふふ」

甘ったるい含み笑いが大きくなるにつけ、耳が小刻みに揺れ始めた。真っ黒だった瞳が徐々に虹彩を変え、苺のような赤みを帯びていく。ヤバい、と梢は奪い返した手紙を握り締め、急いで椅子から立ち上がろうとした――が。

「ええ、なぁんで逃げんのぉ？　梢くん、つれないよ」

「わあっ！」

くにゃん、と柔らかく身を投げ出され、受け止めかねて一緒に床へ転げ落ちる。派手な音をたてて引っくり返った梢の上に、すかさず和兎が馬乗りになった。

「梢くん、いっつもそうだよね。僕と話す時は、どっか引いてるって言うかさ」

口では文句を言っているが、赤い目は嬉々として輝いている。

「そんなに僕が苦手？　それとも、僕の耳、形が悪い？　変？　可愛くない？」

「え、や、そ、そういうわけじゃ……ひゃっ」

「普通の人間は、兎が大好きでしょ？　ほら、手触りもいいし、先の方がちょっとだけ折れてて、愛嬌《あいきょう》があるでしょ？　いいんだよ、触って。撫でて。ねぇ、梢くんってば……」

妖しく囁《ささや》きながら、和兎が屈《かが》んで鼻先を頬にくっつけてきた。遊びをせがむようにつんつん突きながら、怖気づく梢を面白そうに見ている。ふんわり鼻孔をくすぐる匂いが、妖しく理性を蕩《とろ》かせにかかった。

「やば……ッ……和兎さん、それ……」

「へへ、その気になってきた？」

「〜〜〜〜」

どうしよう、と梢は危機感を募らせる。

和兎のフェロモンには気をつけろと、バイトを始めた当初に皆からさんざん注意されていたのだ。後悔先に立たずで目を瞑《つぶ》り、せめてもの抵抗を試みる。ついでに鼻も塞ぎたいところだったが、和兎が顔をくっつかせているのでできなかった。

「ねぇ、梢くんってまだ童貞なんだよね？　だったら、僕で試してみない？」

「い、いや、辞退します……てか、何でそんなこと知ってんですかっ」

「そんなの一目瞭然じゃん。ね、雄同士なら子どももできないし安心だよ？　僕、今夜は物足りないんだよね。見かけ倒しのスカ掴んじゃってさ、全然よくないからホテルに置き去りにしてきちゃったんだ。だからさぁ、野良兎に噛まれたと思って……」

「ないですから！　二十一世紀の東京郊外に住んでいて、野良兎に噛まれる確率めちゃくちゃ低いですから！　大体、ここはキッチンでしょう？　皆が和《なご》やかにご飯を食べる場所なのに、エッチなことしていいって思ってんですかっ？」

「だあって、梢くん、可愛いんだもん」

「だもん、じゃないだろう」

パシッと軽快な音がして、抑揚を抑えた声が頭上から降ってきた。後頭部を押さえた和兎が膨れ面で振り返り、キッと声の主を睨みつける。

「痛いよ、琥珀！」

「黙れ、外道ウサギ」

冷ややかに一蹴すると、琥珀が長い右足をひょいと和兎の背中に乗せた。そのままゲシゲシと容赦なく押し、力づくで梢の上から転がり落とす。ようやく解放された梢は、よろよろと上半身を起こして深々と溜め息をついた。

「た……助かった……」

危うく兎に童貞を奪われるところだったと、心の底から安堵する。いや、兎うんぬんはともかくとして、男同士というのは彼らにとって障害にならないのだろうか。

「――梢」

低く名前を呼ばれて、ふと目線を上げてみる。琥珀が、摑まれと言うように右手を優雅に差し出していた。

「あ、ありがとうございます、琥珀さん」

「こちらこそ。和兎を足蹴《あしげ》にする機会をくれてありがとう」

無表情に毒を吐く唇から、小さな牙が覗けている。艶やかな闇色の猫耳と、しなやかに揺れる長い尻尾は貴族然とした彼にとてもよく似合っていた。きっと、彼らの世界でも最高の家柄の御曹司《おんぞうし》に違いない。

「ふんだ。猫なら嚙みつくか引っ搔《か》くかだろ。蹴りなら、むしろ僕の得意技……」

「いいのか、そうしても?」

「……冗談だよ」

真顔で問い返され、さすがの和兎も軽口を引っ込めた。

やれやれ、と梢は二人のやり取りに苦笑いを浮かべ、とりあえず手紙は書き直そうと胸で呟く。目の前で兎と猫の喧嘩を見ていたら、すっかり毒気を抜かれてしまった。

(それに、傍目《はため》にはコスプレ趣味の人と変わんないしな……)

アイドル並みの可愛さの和兎はユニセックスで派手めな恰好をすることが多く、対する琥珀は無愛想で無表情、細いリボンタイに黒のスーツで服装に僅かな乱れも許さない。

だが、どちらもケモ耳にケモ尻尾の姿になれば一蓮托生《いちれんたくしょう》でちょっと変な人だ。

「ところで、梢。おまえは何をしていたんだ？」

梢を助け起こした後、琥珀は淡々と問いかけてきた。さして興味ありそうにも見えないが、気怠げなのは彼のデフォルトなので実際は気にかけてくれたのかもしれない。その証拠に返事を待つ間、尻尾の揺れ幅が大きくなっていた。

「ああ、梢くんは手紙でチェロをね……」

「え？」

「なっ、何でもないですっ。和兎さんも、もう黙ってくださいっ」

和兎がしれっと内容をばらそうとしたので、梢は慌てて割って入る。

「俺は、その……いろいろあったので考え事を……」

「どうせ、原因は颯真でしょ？」

「な、何でわかるんですかっ」

図星を指されて焦る梢に、和兎はけらけらと陽気な笑い声をたてた。伊達《だて》に遊んではいないのか、人間観察にかけてはなかなか鋭いようだ。

「だって、この二、三日、君たちってば凄くぎこちないもの。颯真は梢くんに不毛な独占欲を滾《たぎ》らせてるのに、何だか空回ってる感じ。君たち、喧嘩でもしたの？」

「……まぁ、そんなとこです……」

まさか、キスされて呼吸困難になりました、なんて説明できるはずもない。幸い和兎はそれ以上追及してはこなかったが、梢は非常に居たたまれなかった。

「――何だ、いつものアレか」

一方、琥珀は場の微妙な空気にも我関せずだ。納得した、というように頷くと、尻尾を揺らしながらくるりと踵《きびす》を返してしまう。好奇心は旺盛だが興味が持続せずにすぐ飽きるあたりは、人間の飼っている猫と変わらなかった。

「いつものアレって何さ？」

すかさず絡み出した和兎に、琥珀は棒読みで答える。

「颯真は、梢に甘えてる」

「へ？」

「何をされたか知らないが、颯真は稀《まれ》にみる甘え下手だ。梢は大目に見てあげてほしい」

「あ～、確かに不器用で甘え下手だけどさぁ。それで許しちゃうのもズルくない？」

「その分、俺たちが厳しく躾けてやればいい」

「……こわ」

平然と返す琥珀の言葉に、緊張した和兎の耳がピンと揃う。聞いていた梢はどこまで本気にすればいいのかと、ひたすら困惑するばかりだった。第一、恋人同士でもないのに甘えの延長であんな真似をされたのではたまったものではない。

（あ……でも……）

怒りの収まってきた頭で、ふと己の言動を振り返ってみた。キスの衝撃で吹っ飛んでいたが、もともと颯真を怒らせたのは梢がいきなり逆ギレしたからだ。

（八つ当たり……だよな、完璧に）

颯真は「雌なら良かった」とは言ったが、現在の梢を否定したわけではない。嫁探しが命題の彼にとっては、ごく普通の感想を言ったに過ぎなかった。それに過剰反応して、噛みついたのは自分の方だ。

（俺、何であんなに腹を立てちゃったんだろう）

答えは一向に見つからず、戸惑いばかりが深くなる。

キスで意識が遠のいたのは一分程で、その後は不安げに様子を窺う颯真を突き飛ばして部屋から飛び出してしまった。あれ以来二人きりになるのは極力避けているし、正直どんな風に接していいのかわからなくなっている。

でも、謝らなきゃ、と思った。

琥珀が言うように大目に見ることはできないが、暴言を吐いたことは事実だ。

「あの、俺、ちょっと颯真に……」

「彼ならいないよ。僕が帰って来た時に、入れ違いに出て行った」

「え……」

こんな夜中に、一体どこへ行ったのだろう。和兎の言葉に少なからずショックを受けていると、何を勘違いしたのか「よしよし」と頭を撫でられた。

「わかるよ。嫁としては複雑だよね。旦那が毎日ナンパや夜遊びに出歩くなんて」

「おまえと一緒にするな、和兎」

「何だよぅ、琥珀。いちいち茶々を入れないでくれる」

「梢はハウスキーパーだ。颯真の嫁じゃない。仮に雄の梢を娶ったところで、あいつの憂《うれ》えている一族の将来には何のメリットもない相手だ。そうだろう、梢？」

「え……」

即座に肯定できない自分に、誰より梢自身が困惑する。しかし、同意を求めた琥珀は特に意外そうな顔もせず、むしろ興味深そうに繁々《しげしげ》と見つめ返してきた。空気を読まない和兎だけが、「だけどさぁ」と唇を尖らせる。

「颯真、前に言ってたよ。〝梢は良い匂いがするんだ〟って」

それを聞いた瞬間、ドキリとした。首筋で颯真に匂いを嗅がれた時の、淫靡《いんび》な気配が蘇る。かあっと顔が熱くなったが、和兎は頓着《とんちゃく》せずに先を続けた。

「多分さ、梢くんのこと凄く気に入ってるよね。そうでなきゃ、繋ぎだなんてムチャクチャ言って屋敷に引き留めようとはしないもん。あんな思い付き百パーセントな理屈、誰も納得するわけないのに。ねぇ、琥珀はそう思わない？」

「さぁ、どうかな」

「絶対だよ。嫁にはできなくても、構うのにはちょうどいいとかさ。ムラッときた時の遊び相手に良し、退屈な時のオモチャによし……」

「……和兎。おまえは一度刺された方がいい」

調子に乗る和兎へ、琥珀が嫌悪の一瞥《いちべつ》をくれる。そんな二人のやり取りを聞いている内に、梢は以前から気になっていたことを尋ねてみたくなった。

「あの、ちょっとお訊きしたいんですけど」

「いいよぉ、何でも訊いて。僕の好きなタイプはね、雌ならEカップ、雄なら……」

「猫族と兎族は、人間の嫁探しとかしていないんですよね？」

「スルーかい！」

「……ああ。俺たちは颯真とは違う。数が少ないのは事実だが今すぐ絶滅するほどじゃなし、わざわざ人間の娘との間に子を生そうとは考えていない」

むくれる和兎を無視して、琥珀が淡々と答える。

「そもそも、人間の嫁を連れてくるっていう発想自体が突飛すぎる。違う世界に生きる俺たちが今まで存在を隠せてきたのは、人間と大きく関わらないというルールを守ってきたからだ。稀にその禁を破って、妖怪だの神様だのと勝手な解釈をされてしまった者もいるが、そんなのはあくまで例外中の例外だ」

「そうそ。僕たちがこうして滞在してるのも、別に自分の意志じゃないしね。来た以上は楽しまなきゃと思うけど、本音を言えば早く帰りたいな」

「そういえば、出入りするにはいろいろ制限があるって聞きました。じゃあ、皆さんがここにいるのは義務なんですか？　颯真は、仲間を探してるって言ってたけど」

「仲間？　あいつ、そんなこと言ってたの？」

それまで陽気だった和兎が、さっと表情を曇らせた。滅多に負の感情を表へ出さないだけに、何かまずいことを言ってしまったかと梢は心配になる。けれど、首を傾げた琥珀が「狼族のくせに？」と疑問を投げかけたので、そちらに意識を取られてしまった。

「どういう意味ですか、琥珀さん？」

「狼族は、俺たちの世界で唯一孤高を保っている。同じ一族同士の結束は固いが、他の種族にはあまり関与してこない。だから、こちらの世界で生きる仲間と馴れ合う趣味はないと思う。狼族で追放された者がいるなんて、俺も聞いたことがないし」

「追放って……」

「ああ、梢はそこまで知らないのか。制限があるっていうのは、そういうことだ。連続して一年以上の滞在はできないし、禁を破れば俺たちの世界からは追放される。だから、人間を勝手に連れ帰ったり、嫁にするなんて本来は言語道断だ。前例がなかったわけじゃないが、許されるには様々な条件をクリアしなきゃいけない」

「もういいじゃん、その話は」

不機嫌な様子を隠しもせず、和兎が無愛想に遮った。いつもなら真っ先に乗ってきて、あれこれしゃべり倒すところなのにますます変だ。

「とにかく！　僕たちがここにいるのは春までだし、颯真が何しようが知ったことじゃないよ。大きなトラブルもなく帰る日を迎えられれば、それで僕は満足なんだから」

「まぁ、俺たちの滞在も責任重大と言えばそうだけどな」

「よく言うよ、琥珀。君、寝てばかりで何もしてないじゃん」

まるきり悪びれない琥珀の態度に、和兎はわざとらしく眉を顰める。けれど、話を聞いた梢は彼らと颯真の間に大きな温度差があることがわかって、少々複雑な思いだった。

「皆さんの目的が、嫁探しじゃないとは思っていたけど……」

「その通り。僕はこっちで好みの相手を適当につまみ食いしたいだけだし、狐鈴は前から人間に興味津々《しんしん》だったからね。玲雄は……まぁ、子守りにはいいんじゃない」

「俺の目的は、平和で穏やかな生活だ。騒々しいのは好まない」

腕を組んだ琥珀が憮然と呟き、黒い耳を煩《わずら》わしそうに動かす。

「まさか、兎族きってのビッチが一緒とは思わなかった」

「何だよぅ！」

犬猿の仲というのはよく聞くが、よもや兎と猫がこんなに仲が悪いとは。

フンとそっぽを向く二人に、やれやれと溜め息をつく梢だった。

ねーねー、と小さな毛玉が膝へにじにじ上がってくる。ほっぽりだしてやろうか、と颯真は思ったが、泣かれると逆に面倒なので好きにさせることにした。玲雄とばかり遊ぶのには飽きたのか、最近の狐鈴は構えと頻繁《ひんぱん》に要求してくる。

「そうま、よめはどこ？　まえみたいに、ゆうごはんたべたらこないの？」

「こねぇよ。あいつ怒ってるからな」

「えー。ぼく、あれやってほしかったのにぃ。しっぽ、とかすやつ！」

「ブラッシングのことか？」

「そう！　ぶぶっしんぐ！」

「…………」

「ぜんぜん、やってくんないの。おもいだすと、はらがたつんだって」

聞きたくなかった新情報に、ベッドにあぐらをかいた颯真は溜め息をついた。

「くそ、意味わかんねぇ」

ちゃっかり膝に居場所を作った狐鈴をよそに、数日前の梢の剣幕を思い出す。怒りに任せて衝動的に押し倒し、キスしたままではともかくとして、まさか酸素欠乏で気絶するとは思わなかった。くったりした梢を慌てて蘇生させたら、意識を取り戻すなり物凄い形相《ぎょうそう》で睨みつけられ、思い切り突き飛ばされたのだ。

そうして、それきり仲直りの機会を逸《いっ》したままだ。話しかけようとしても、全身で拒否されている気がしてできなかった。もちろん、梢からも何も言ってこない。

「文句があるなら、ちゃんと言えばいいのによ……」

「ぼく、べつにもんくないよ」

「おめーじゃねぇよ」

盛んに尻尾へじゃれつく狐鈴を適当にあしらい、何だかなぁと考えた。

今まで、人間で深く関わったのは悠太郎だけだった。その血を引く梢は物怖じしない性格やお節介なところはよく似ているのに、どうも颯真との相性が悪い。仲良くなろうとすると悉《ことごと》く裏目に出るし、すぐに彼を怒らせてしまう。

「元はと言えば、あいつが急に怒り出したせいだろうが」

「ぼく、おこってないよ」

「おめーじゃねぇって言ってんだろ」

ウザいのでぱふっと尻尾で顔を叩くと、きゃーと狐鈴が喜んだ。そう、獣人ですら颯真の尻尾には夢中なのだ。あの夜以来ブラッシングにも来ないが、梢は世話を焼きたくないのだろうか。白銀の狼の尻尾を梳《と》かすなんて、この上ない光栄とは思わないのか。

「俺はただ、〝おまえが雌なら良かった〟って言っただけじゃねぇか」

「ぼく、めすじゃ……」

「……狐鈴。おまえ、わかってやってんだろ」

ジロ、と睨みつけると、両手で抱いていた自分の尻尾に、狐鈴がさっと顔を隠した。幼児とはいえ、狐の一族は賢くて頭が回る。見た目の甘さに油断していると、いつか足元を掬われる時がくるかもしれない。

「ぼく、そうまのよめ、すきだな」

尻尾の向こう側で、狐鈴が小さく呟いた。

「めすじゃなくても、およめさんにしたいな。そしたら、ぶぶっしんぐしてくれるでしょう？　ごはんもおいしいし、ぼくがあしにしがみついてもおこらないんだよ」

「狐鈴、嫁の仕事はそれだけじゃねぇんだぞ」

「そうなの？」

「ああ、一番大事なのは……」

調子に乗って性教育まで話を広げようとした瞬間、口づけた時の梢が脳裏にちらついた。不埒《ふらち》な記憶が次々と蘇り、颯真は思わず言葉に詰まる。

「大事なのは……」

「そうま……？」

まずい、と狼狽した。

唇を重ねるごとに、火照りと欲情の色に変化していく肌。

しがみつく指の強さ、隙間から零れる吐息の温度。

そうま、と苦しげに漏らす声音が、今更のようにぞわぞわと胸を騒がせる。

「ねーねー、そうま。よめのしごとで、いちばんだいじなのはなんなの？」

「それは……」

「うん」

期待に満ちた目が、毛皮の隙間からきらきらこちらを見つめている。

颯真は狐鈴を抱き上げると、半分拗ねた気分で答えた。

「いきなりキスしても、怒らないことだ」


今日も、颯真は出かけている。

仲間なのか嫁なのか、ともかく何かを求めているのは確かなようだ。もっとも、屋敷に留まっていられても気まずいだけなので助かったという気持ちは梢にもあった。

（でも、ずっとこのままってわけにはいかないよな）

あれから一週間が過ぎるが、時間がたてばたつほど溝は深くなっていく気がする。変な意地を張らずに素直な態度でいれば、と後悔しても今更だ。第一、颯真が何を考えているのかさっぱりわからなかった。もしかしたら、仲直りなんてしたくないのだろうか。

（けっこう、きついこと言っちゃったしな。嫌われたのかも……）

どうせ嫁の資格もないんだし、とつい投げやりに毒づいてから、嫁にこだわっているのは自分の方じゃないかと情けなくなった。

今日は、二月にしては穏やかな晴天に恵まれている。

昼食の後片付けを済ませ、洗い上がったばかりの洗濯物をカゴに詰め込むと、久しぶりに庭で干そうかと梢はサンダル履《ば》きで外へ出た。

「そうまのよめ、ぼくもつれてって！」

いつものようにぴょんと梢の右足にしがみつき、狐鈴が一緒についてくる。玲雄くんはどうしたの、と訊いたら、少し前に電話がかかってきて慌てて出て行ったと答えた。

「電話？　珍しいな」

「きっと、かずとだよ。おひる、かずといなかったもん。にもちもちだ」

「荷物持ち、だよ。玲雄くんも大変だな。俺も良く手伝ってもらうけど、若くて力持ちだから、つい頼っちゃうんだよね。でも、和兎さん、何をそんなに買ったんだろう」

「ふくじゃないのー」

全然興味がないのか、狐鈴は適当な受け答えをする。それよりも、洗濯物をぱんぱんと振りたくてうずうずしているらしい。以前に教えてあげたらずいぶん面白がっていたので
「お母さんの真似はしないの？」と訊いたら、「おかあさんは、なにもしないのがおしごと
「なんだよ」と耳を疑うようなことを言っていた。

——と。

「あ……」

風に乗って耳へ流れてきた旋律に、梢は洗濯物を干す手を止める。

無伴奏チェロ組曲、第一番プレリュード。

これ、俺も弾いたことがある。

「どうしたの、そうまのよめ。どっか、いたくした？」

「え……？」

「なきそうなかお、したから」

狐鈴が、無邪気な瞳で見上げていた。そこに映る自分は、少し心細げに見える。梢は無理やり笑顔を作ると、「どこも痛くないよ、大丈夫」と言った。

「今日はいいお天気だから、日差しが眩《まぶ》しくて沁《し》みただけだよ」

「ほんとに？」

「うん。さ、急いで干しちゃおうか。もうすぐ、おやつの時間だよ」

「わーい。ぼく、あまいおいなりさん、だいすき。あれつくって！」

狐鈴が張り切ってカゴから洗濯物を引っ張り出そうとした時、再びチェロの音色が聞こえてきた。開け放たれた居間の窓から、クラシック音楽が流れてきているのだ。

「琥珀さんかな」

昼間に起きていること自体珍しいのに、音楽鑑賞なんて驚きだ。そう思っていたら、狐鈴が両手一杯にシーツを抱え、よたよたしながら「んーん」と頭を振った。

「あれ、かずとのＣＤだよ」

「え？」

「このまえ、たくさんかってきてたもん」

「和兎さんが……？」

ノリの良いせっかちな彼しか知らないので、そんな趣味があったんだ……と梢は戸惑いを隠せない。それに、音大受験を諦めた時から弦楽器の音は遠ざけていたので複雑な思いもあった。未練がましく耳が反応してしまうのも、意味なく後ろめたさを覚えるのも、自分がまだチェロを捨てきれていないからだと思い知らされる。

「このおと、きれいだねぇ。ぼく、すきだな」

狐鈴が爪先立ちで差し出す洗濯物を、梢は上の空で受け取った。ＣＤはすでに次の曲へ移っていたが、今度もチェロの独奏だ。低音が心地好く響く重厚な音色に、いつしか梢はわだかまりも忘れてうっとりと聴き入っていた。

「カザルスだ……」

「なにそれ？　きょうの、おやつ？」

「チェリストだよ。俺の大好きな演奏家」

「ふぅん。そうまのよめは、ちぇりすとがすきなんだ。じゃあ、けっこんする？」

「結婚？」

微妙に勘違いしているようだが、確かに一時はチェロと結婚したいくらい好きだったなあ、と思う。けれど、ただ弾いていれば楽しかった時期を過ぎ、嵩《かさ》むレッスン代と思うように練習できない環境が現実を蝕《むしば》み始めると、梢の音色はたちまち濁《にご》り始めた。理想の旋律と弓から弾き出される音は無残に乖離《かいり》し、その焦りが更なる悪循環を招いていく。どうしよう、と追い詰められていた時、チェロ教師の加賀がある音大を紹介してくれた。テストに受かれば奨学金が受けられると聞き、梢はその話に飛びついた。

だが、結局テストは不合格だった。全ての希望が絶たれた梢は、祖父が脳溢血で倒れたのを機に「才能なんかない」という言葉に逃げ込んでしまったのだった。

（だって、仕方ないよ。伏見家の男は俺だけになっちゃったし、母さんとばあちゃんには早く楽をさせてやりたいし。チェロなんて仕事になるかどうかもわかんないのに、いや、

もともと才能なんかなかったんだっけ。だったら、もう忘れた方がいいじゃないか）

言い訳をたくさん積み上げて、梢は静かにパンクした。

チェロさえやめれば、もう悩まなくて済む。同じ奨学金を受けるなら、専学で実践に役立つ資格を取った方がいい。そう決めたら、ようやく楽になれた——気がした。

それなのに、どうして今更チェロの音色に心を乱されてしまうんだ。

「そうまのよめー、ぼく、もうさむいよ」

うっかり考え事に耽っていたら、狐鈴が凍えた顔で抗議してきた。ふさふさ尻尾をくるんと首に巻きつけ、上目遣いに訴える姿は凶悪なまでに可愛らしい。

「ごめん、あとこれだけだから。急いで干しちゃうよ」

「……ん」

「でも、いい加減〝そうまのよめ〟は止めてくれないかな。俺、あいつとは何の関係もないし。仮に何かあったとしても、嫁には絶対なれないし、ならないから」

「なんで？」

真っ直ぐな質問を受け、梢は返事に詰まった。何度も「俺は男だから」と説明しているのに、どうして狐鈴はそれで納得しないんだろう。

「ねぇ、なんで？　そうまのこと、きらいだから？」

「え……」

嫌い……なんだろうか。

今まで考えてもみなかった問題に、梢は少し戸惑った。

好きか、と問われれば「冗談じゃない」と憎まれ口を叩けるのに、じゃあ嫌いか、と訊かれたら答えられない。我ながら矛盾していると思うが、本気で嫌っていたらバイトなんて辞めてとっくに屋敷を出て行ったはずだ。

「考えたこともなかったな。俺が、颯真をどう思っているかなんて。大体、男同士なんだから基本から間違っているっていうか」

「そんなのへんだよ。よめのくせに」

狐鈴が、むうと頰を膨らませた。いちいち訂正する気も失せ、梢は溜め息をつく。

（俺が……颯真を……）

ふと、ブラッシングしている時の彼が脳裏に浮かんだ。

気持ちよさそうに目を閉じて、満ち足りた様子で微笑んだ顔。いつもの不遜さはどこへやら、あどけなく寛《くつろ》いだ表情が可愛かった。自慢の尻尾を梢に預け、信頼しきっている空気がこそばゆい。あの時間は、確かにそんなに悪くなかった。

（でも……あんなことされたら、もう……）

いきなり激昂《げきこう》されて、唇を無理やり奪われた。予期せぬ行動に梢は怯え、息のできない苦しさは思い出すと恐怖に繋がる。あんなのがキスだというのなら、おまえはやっぱり獣なんだと言ってやりたかった。人間とは相容れない、異質の生き物にすぎないと。

「そうまのよめー」

シャツの裾を引っ張りながら、狐鈴が盛んに窓を指差した。

「こはくが、もどってこいって」

「え？」

ハッと我に返って視線を移すと、居間から琥珀が気怠く手を振っている。一見無表情に見えるが、細くなった金目が機嫌よく煌めいていた。

「やっぱり、ＣＤを聴いていたのは琥珀さんみたいだね」

「かずととれおも、いまかえってきたよ。ただいまーってきこえた」

「本当に？　俺、ずいぶんボーッとしてたんだな」

「れお、にもちもちでぎゅうにゅうかってきたかな！　ぼく、まいにちれおとぎゅうにゅうのんでるんだよ。ぼくはおおきくなりたいの。れおは、つよくなりたいんだって」

「狐って牛乳で育つんだっけ？」

「ぼく、きつねじゃないよ！」

狐鈴の地雷だったのか、尻尾で芝をぱふぱふ叩きながらぷんすか怒られる。ごめんごめん、と苦笑交じりに謝って、梢は残りの洗濯物を急いで干した。

「え……と……どういう意味ですか？」

期待に満ちた眼差しに囲まれ、梢は笑顔を引きつらせる。居間に集まった面々を見回す心境は、ひどく鬱屈《うっくつ》したものになっていた。唯一の救いは、そこに颯真がいなかったことだ。彼には、つけ込まれる隙を見せたくない。

「どういう意味って、そんなとぼけなくてもいいでしょ？　僕たち、こう見えて音楽大好きなんだよね。梢くんのチェロが聴きたいなぁって、そう思ってるんだってば」

「かずと、ちぇろってなに？」

興味津々で尋ねる狐鈴に、和兎はふふんと意味深な笑みを返した。

「梢くん、この間手紙書いてたじゃない。お祖母さんにって」

「あれは……その……」

「あそこに〝チェロを処分する踏ん切りがつかない〟って、書いてあったからさ」

「…………」

「何か、やめたかったわけじゃなさそうじゃない？」

そういうことか、と溜め息をつきそうになる。あの夜、和兎は横から書きかけの手紙を奪って梢をからかった。その時の文面を覚えていたのだ。

「あの……」

チェロの楽器ケースを抱え、玲雄が困り切った顔で言った。

「これ、どうすればいい？　床に置いちゃって構わないのか？」

「いいんじゃない？　ねぇ、梢くん。良かったら、これプレゼントするよ。さっき、玲雄と買い物に出かけたんだ。僕一人じゃ、こんな大きな楽器持ち運べないからさ」

「ねーねー、もしかしてそれがちぇろ？　おかしみたいななまえだねぇ！」

「静かにして、狐鈴。チェロはね、凄く綺麗な音色が出るんだよ。うるさくしたら、梢くんだって演奏しにくいでしょ？　あ、弓はこっちだよ。調律とか時間かかるなら、僕たちはお茶でも飲んで待ってるから」

「置くからな。もう置いちゃうからな？」

三者三様、勝手なことを言いながらどんどん話を進めていく。しかし、梢にしてみれば二度と触れることはないと決めていた楽器だし、まして人前で演奏するなんて悪夢にも等しかった。チェロを封印するまでどれほど悩んだか知れないのに、弾いてみてくれと気楽に言われてできることではないのだ。

「せっかくですけど……無理です」

なるべくチェロは見ないようにして、梢は声を絞り出した。

「こんな高価なもの、簡単にプレゼントとか言わないでください。俺、チェロはもうやめたんです。才能もないし、見るのも嫌なんです。皆に聴いてもらえるような、そんな演奏なんかできません。和兎さん、悪いけど俺は……」

「またまたぁ。梢くん、全然嫌いって顔してないよ？」

「それは……」

「プレゼントされるのが負担なら、レンタルでも何でもいいんだよ。とにかく、僕は君の演奏が聴きたいだけ。僕の話を聞いたら、玲雄や琥珀もぜひひって言ってる」

「ぼくも！　ぼくも、そうまのよめのちぇろがききたい！　あと、あまいおいなりさんもつくってほしい！」

「お……俺も……」

はしゃぐ二人に感化されたのか、珍しく玲雄が自主的に会話へ加わってきた。

「俺も、綺麗な音楽は好きだ。梢さんの弾く曲、どんなのか聴いてみたい」

「玲雄くん……」

彼が己の意志をはっきり口にするのは初めてなので、さすがに梢もびっくりする。優雅にソファで寛いでいた琥珀も、これには細い尻尾がぴくんと反応した。

「ねぇ、梢くん。どうしてもダメ？」

とどめとばかりに、和兎が色っぽく見つめてきた。濡れる瞳は赤く変わり、妖しい魅力が理性を搦め捕ろうとする。

けれど、こればかりは梢も譲れなかった。

彼らは、単なる思い付きでリクエストしているだけだ。気まぐれとか暇つぶし、大方そんなところだろう。そのために、わざわざ傷口を抉《こ》じ開けるなんて真似はしたくない。

「――できません」

できるだけ声に苛立ちを含まぬよう、努力しながら再度拒《こば》んだ。

「俺、チェロはやめたんです。二度と触らないって、その時に決めました。だから、もう弾くことはないし、他人に聴かせることもありません」

「どうして？」

「どうしてって……」

意外に食い下がられて、困惑気味に和兎を見返した。甘い砂糖菓子を思わせる、愛くるしい顔が真っ直ぐこちらへ向けられている。背後で琥珀が起き上がる気配がし、面倒臭そうな欠伸が聞こえてきた。

「和兎、その辺にしとけ。梢は嫌だって言っている」

「うるさいな、琥珀。他人の話に干渉しないのが、おまえの唯一の取り柄だろ」

「それなら、おまえの取り柄は場を盛り上げることじゃないのか。見ろ、空気が冷え切っているじゃないか。無理強いしているのが、わからないのか」

「僕はただ……！」

普段の憎まれ口とは違う、殺伐とした視線が火花を散らす。怯える狐鈴を庇《かば》うように、玲雄がおろおろと仲裁しようとした。

「二人とも、喧嘩はよせってば。梢さんが困って……」

「玲雄は黙ってなよ。何なんだよ、二言目には梢さん梢さんって」

「お、俺は別に……」

思い切り邪険にされ、玲雄が傷ついた顔をする。直後に狐鈴がむうっと険しい顔になり、服の上からかぷっと和兎の脛《すね》に噛みついた。

「いてっ！　何すんだよ、狐鈴！」

「れおをいじめたら、だめなの！　れおは、ぼくのけらいなんだから！」

「おまえねぇ……」

小さくても、立派に獣の牙だ。和兎は痛みに瞳を歪め、狐鈴のシャツの襟足をむんずと摑んで摘まみ上げた。狐鈴は「やあだぁ」と喚きながら宙で小さな両足をバタバタさせ、縮こまった尻尾を股にくるんと挟《はさ》む。

「はなしてはなして！　かずと、きらい！」

「ああそう。僕も生意気なチビは大嫌いだよ。もともと、ここへだって来たくて住んでいるわけじゃないんだから。僕だけじゃない、颯真以外は皆そうだろ？」

「かずと、きらい……」

「嫌いでけっこうだよ。でも、忘れんなよ。僕たちは、おまえの我儘《わがまま》に付き合ってやってるんだからね。いつまでもチヤホヤされると思ったら、大間違い……」

「和兎、しゃべりすぎだ」

「琥珀だって、退屈してるじゃないか。こっちの世界なんか、全然好きじゃないくせに。玲雄もそうだろ。狐鈴のお守りとか、マジでやってるわけ？　おまえの本分って何？」

「それは……」

わあああん、と火がついたように狐鈴が泣き出した。思いがけず仲間割れを誘発してしまい、梢はひたすら狼狽するばかりだ。

「……もういいよ。悪いのは、全部僕なんだろ」

狐鈴の泣き声が響く中、やがて和兎が投げやりに呟いた。

「僕は、最近の梢くんが元気ないからさ。颯真の代わりに、喜ばせてあげたかっただけなのに。だって、絶対にチェロのこと嫌いじゃないじゃん。楽器ケースを見ないように、わざとらしく視線逸らしてさ」

「和兎さん……」

「いい加減にしろ、和兎」

鋭い声音で、琥珀が注意する。美しい顔には、不快の色が濃く表れていた。彼はソファから降りて一同へ近づくと、呆れた様子で深々と溜め息をつく。

「狐鈴も、いつまでも泣くな。梢が困っている」

「……ないてないもん」

「梢、しつこくして悪かったな。皆を代表してお詫びする。俺も、君の演奏するチェロの音色を聴いてみたかったから、深く考えずに話に乗ってしまったんだ。でも、そうまで頑なに拒むなら無理強いはしない」

「お、俺も、調子に乗ってすまなかったです」

返事のできない梢に向かって、玲雄がぺこりと頭を下げた。狐鈴が「おいで」と彼に呼ばれて、大粒の涙を溜めた顔をぎゅっと胸に押し付ける。やがて玲雄のTシャツから、くぐもった嗚咽《おえつ》が切れ切れに漏れてきた。

「ふん、つまんないの！」

腹立ち紛れの捨てゼリフを吐き、和兎が居間から素っ気なく出て行く。

後味の悪い思いが、残された者たちから笑顔を奪っていた。


その日は、夕食の支度ができても誰もキッチンへやって来なかった。

和兎はあれから街へ出かけてしまったし、琥珀は昼寝しそびれた分も寝る、と言って部屋に籠もったきり物音さえしない。狐鈴と玲雄は何をしているのかわからないが、どうやら狐鈴が溜め込んだお菓子を部屋で山分けしているようだ。

「何なんだよ……」

一人ぼっちで食卓につき、梢は釈然としない思いに囚《とら》われていた。

確かに、断り方は感じ悪かったかもしれない。だが、こちらに非があるわけでもないのにどうして罪悪感を覚えなくてはならないのだろう。

「せっかく、皆の好きなもの作ったのにさ」

ダイニングテーブルには、何かの記念日かというほどご馳走が並んでいた。

メインは肉料理だが、菜食主義の和兎用に野菜を使ったメニューも用意してある。もともと生活スタイルがバラバラで全員が一緒に食事をとることは滅多になかったが、それでも準備の最中から献立の確認にきたり、ヒマな者は手伝ってくれたりとささやかなコミュニケーションはあったのだ。それが、チェロのせいで台無しになってしまった。やっぱり、あの楽器は自分にとって鬼門なのだ。

「……なんて、単なる言い掛かりだよな」

ケースに入ったチェロは、そのまま居間に置きっ放しにしてあった。処分は和兎に任せた方がいいのかもしれないが、梢はひどく後ろめたい気持ちでいる。どんな理由にせよ、1小節も奏《かな》でられることなく置き去りにされるなんてチェロだって不幸に違いない。

はぁ、と溜め息を零した時、玄関で物音がした。次いで荒々しい足音が近づき、梢は無意識に身を固くする。案の定、想像した人物がぬっと顔を出してきた。

「おまえ一人か？」

「お……おかえり、颯真……」

無愛想に食卓を一瞥し、颯真が眉を顰める。いつもなら一人か二人は席に着き、梢の給仕で食事を始めている時間だ。

「あの、ご飯はどうする？　すぐ食べられるけど」

「見ればわかる。おまえは食わないのか？」

「うん……何か一人だと食欲わかないっていうか……」

「…………」

「や、別に具合悪いとかじゃないし。颯真が食べるなら、一緒に食べようかな」

何を言い訳しているんだろうと思いながら、懸命に笑顔を取り繕った。颯真の視線は純度の高い鋼《はがね》のようで、弱気を見せたら容赦なく斬り捨てられそうだ。

「ちょっと来い」

「え？」

一瞬、耳を疑った。帰って来たばかりだというのに、何をするつもりだろう。

面食らって返事が遅れていたら、物も言わずにいきなり手首を掴まれた。咄嗟《とっさ》にキスされたことを思い出し、反射的に振り払おうとする。だが、颯真の力は微塵《みじん》も影響を受けず、ぐいと無理やり椅子から引っ張り上げられた。

「な、何するんだよ！」

「心配すんな。取って食いやしねぇよ」

「あんたの場合、それ比喩《ひゆ》とかにならないし」

「バカを言うな。俺は肉食だが、人肉は趣味じゃない。まして、おまえみたいな脂肪の少ない細いガキ、食ったって美味いわけねぇだろが」

「……真面目に答えなくていいから」

軽口の応酬に、何だか懐かしいなと思う。たった一週間ぎこちなかっただけなのに、凄く久しぶりにちゃんと颯真と会った気がした。

「なぁ、どこ行くんだよ。あんたの部屋なら、もう行かないからな」

「そうじゃねぇよ」

「…………」

半分嫌みのつもりで言ったのだが、あっさり否定されて拍子抜けする。何か期待していたわけじゃないが、意識していたのは自分だけなのかと梢は少し傷ついた。そっちが悪いんだからちょっとは気まずそうな顔をしろよ、と心で毒づいている間に玄関まで連れてこられ、今から外へ行く気なのかと驚く。質問する前に「上着、着ろよ」と颯真のモッズコートを差し出され、何を考えているのかさっぱりわからなくなった。

「颯真は？」

「俺はいい。もともと、おまえらほど寒さに弱くない」

「ああ、天然の毛皮つきだもんね」

「寒かったら、おまえも抱きついていいぞ」

ふさっと誇示するように尻尾が揺れ、不覚にも赤くなる。

そんな自分を、梢は慌てて叱咤《しった》した。男相手に交わされる冗談なのだから、いちいち真に受ける方がどうかしている。

（い、いやいや。こいつには前科があるし！）

そうだ、気を許したら再び襲われるかもしれない。己を戒《いまし》め、梢はサイズの大きなモッズコートを眉間に皺を寄せて羽織った。颯真の時は膝丈だったのが、自分が着ると脛まであるのが少し情けない。十八歳の男子として百七十三センチは平均だと思うが、いかんせん颯真には二十センチ近く差をつけられている。

「……寒っ」

外へ出るなり、真っ先にそんな言葉が出た。時刻は九時を過ぎた頃だが、二月の気温は容赦なく体温を奪っていく。ついさっきまで颯真が着ていただけあってコートの内側には温もりが残っており、外気の冷たさが余計にそれを際立たせていた。

「なぁ、颯真。本当にどこへ……」

「パーッと気晴らしできるところ」

「え……」

ずんずんと大股で先を行く颯真が、肩越しに振り返って不敵に笑む。

「遊園地だよ」


和兎は、夜の繁華街が好きだ。

くるくるチカチカ、目まぐるしく変わる色のネオンや、昼間とは違う人種で溢《あふ》れる雑多な大通り。初対面でも気安く声をかけ、友達のような顔で会話する人たち。

安全の確保された場所から、そういう光景を眺めているのも好きだ。

「どうしたんだよ、つまんなそうな顔して」

「え？」

「さっきから、ずっと上の空だし。そっちから呼び出しておいて、何なんだって」

摩天楼《まてんろう》を見下ろすシティホテルの最上階で、窓際に立つ和兎を三十絡みの男が背中から抱き締めてきた。先々週出会ったばかりだが、ラブホテルにはそろそろ飽きていたので、高い部屋を惜し気もなく押さえてくれる気前の良さが気に入っている。

（でも、思ってたよりウザい性格かも……）

ネット関係の仕事で当てた、とか話していたから、本質は内に籠もるタイプなのかもしれない。それが急に世間から注目されるようになって、本当の自分を何倍にも大きく勘違いしたのだろうか。ちゃんと「遊びだからね」と念を押して付き合ったにも拘らず、会うたびに独占欲をちらつかせるようになってきた。

（まぁ、そうとわかって会っている僕が一番問題なんだけどね）

胸元から差し込まれた右手が、肌を煽るようにまさぐっていく。器用な指先の動きは嫌いじゃないので、和兎はしばらく好きにさせていた。けれど、頭の中では昼間の出来事がエンドレスのフィルムのように続いている。

『俺、チェロはやめたんです。二度と触らないって、その時に決めました』

まったく、不愉快極まりないよ。

梢の言葉を反芻《はんすう》するたびに、和兎は石を飲み込んだ気分になる。少しずつ重たくなっていく心は、今まで味わったことのない感情で溢れそうだった。

（僕はただ、梢くんを喜ばせようと思って……それで……）

好きに使っていいから、と遊び相手に渡されたクレジットカードで、何も考えずにチェロを購入した。それに見合う分の快楽は供給するつもりだし、誰も損なんてしていない。

梢だって、本当はチェロに触れたくてうずうずしていたのは明白だった。つまりは、和兎の計画で皆が幸せになれるはずだったのだ。

(だって〝やめなきゃ良かった〟って、そう顔に書いてあったじゃないか)

それなのに、どうして自分が悪者になっているのだろう。

忌々しい琥珀は皆の前で恥をかかせるし、生意気な狐鈴には噛みつかれるし、もうさんざんだった。引っ込みのつかなくなった和兎を助けるでもなく、梢は困り切った顔で成り行きを見ているばかりだ。まったく、どいつもこいつも本当に腹立たしい。

「おい。おいって」

「ん……？」

乱暴に身体を揺すぶられ、和兎はようやく相手に意識を戻した。気がつけばシャツのボタンは全開にされ、細身のパンツの前ボタンも二つ目まで外されている。おやおや、と呆れていたら、相手が苛立たしげに溜め息をついた。

「おまえ、ちょっとは反応しろよ。白けるなぁ。いつものノリはどうしたよ？」

「いつものノリ……」

「楽しまなきゃ損でしょ、てのが口癖だろ。むしろ、こっちを押し倒す勢いじゃないか」

確かに、相手の言う通りだ。ちんたら会話するよりも、さっさとベッドで愛し合う方が得られる情報は明らかに多かった。本能に支配されて本質がむきだしになった時、その人間の価値はあからさまになる。その結果、外面とのギャップが大きいほど、和兎は愉快な気持ちになった。まるで、自分が神様にでもなって一段上から見ているようだからだ。

わかっている。そんなのは、傲慢《ごうまん》な錯覚だと。

でも、何もわからないで他人と付き合うのは不安だった。知ろうとする努力より、その先に待っている失望や裏切り、あるいは過多な愛情が怖かった。

「あのさ、チェロ買っちゃった」

「は？」

「あんたが貸してくれたクレジットカードでさ、チェロ買っちゃったんだ。三十二万円」

「へぇ、そんな趣味があったんだ。今度、聴かせてくれよ」

首筋から鎖骨まで、唇を這わせながら男が笑った。ようやく和兎が関心を寄せたので、機嫌が良くなったらしい。新鮮味の欠片もない愛撫を受けながら、和兎は窓ガラスに映る自分たちを意味なく見つめた。

「人にあげるために買ったんだよ。僕、楽器なんか弾けないし。怒った？」

「何で？　おまえ、全然金使わないじゃん。それだと張り合いないんだよな。もっと高い買い物、すれば良かったのに。贅沢させてやるよ？」

「贅沢……」

おかしなことを言う、と思った。何をもって「贅沢」と言うのか、この男にはわかっているのだろうか。確かに財は力に通じるし、それは和兎たちの世界も同じだ。けれど、それと「贅沢」とは少し違う。

たとえば、梢へ贈ったチェロが皆に笑顔を生み、彼の手から美しい旋律が奏でられたなら和兎は「ああ、贅沢な時間を得た」と満足しただろう。でも、実際はどれだけ高価な楽器でも梢を喜ばせることはできなかった。仮に百万、二百万のチェロを用意したところで、きっと結果は同じだったろう。

「……帰る」

無意識に、そう唇が動いていた。無視しているのか聞こえないのか、男は愛撫の手を止めようとしない。外した前ボタンから潜り込んだ右手が、無遠慮に和兎の敏感な部分を捕らえようとした。

「帰るって言ってるだろっ！」

瞬時に嫌悪でいっぱいになり、身を翻《ひるがえ》して男を突き飛ばす。唐突な反撃に相手は面食らい、すぐに怒りをぶつけてきた。

「何なんだよ、さっきから！　おまえ、身勝手にも程があるぞ！」

「大声出さないでよ！　僕、もう怒られるのは真っ平なんだから！」

「うるせぇよっ。わけわかんないこと言いやがってッ」

バシッと鋭い音が響き、左頬に熱い痛みが走る。強い衝撃に目の奥で火花が散り、和兎は切れた唇をきつく嚙み締めた。

「痛い……どうしてくれんの、顔なんかぶって」

「和兎……」

「さよなら」

押し付けられたクレジットカードと携帯電話を、ベッドへ向かって放り投げる。しゃべると血の味に顔が歪んだが、憑《つ》き物が落ちたように心は軽くなっていた。

「お、おい、待てよ。悪かったって。ついカッとなっただけで……」

取りつく島のない態度に相手はおろおろしていたが、殴《なぐ》っておいて今更だ。背後で引き止める声がしたが、構わず後ろ手にドアを閉めた。

「あ～あ……」

ボタンを嵌《は》めながらエレベーターまで歩き、自己嫌悪に肩を落とす。

こんなことなら屋敷に残って、素直に梢の料理を食べれば良かった。顔を合わせづらくて出てきてしまったが、他人に媚《こび》を売って一流レストランに連れて行ってもらうより、ずっと「贅沢」なご飯が食べられたはずなのに。

「最低だ……」

それが相手を指すのか自分なのか、はたまた今日という日を意味するのか。

それすらよくわからないまま、和兎は腫《は》れてきた左頰を撫でながら呟いた。

梢の住む街には、廃業寸前の小さな遊園地がある。

もっとも公園に毛が生えた程度の代物なので、人によっては遊園地という認識さえないかもしれない。アトラクションは子ども騙しのちゃちな物ばかりで、ペンキの剝《は》げた馬だけのメリーゴーランド、十分もかからず園内を一周してしまう汽車、人形の造形がもはやギャグでしかないお化け屋敷に小さな観覧車と、全てが一昔前の遺物と化していた。

「週末の二日間だけ、夜間も営業しているんだ。知ってたか?」

受付でチケットを買った颯真が、振り返って得意げに言う。話題作りを狙っての起死回生《きしかいせい》の企画らしいが、興味のない梢はもちろん知らなかった。しかし、今は返事をするどころではない。何を思ったのか、彼は先ほどまで擬態で隠していた狼の耳と尻尾を惜しげもなく晒していたからだ。

「ちょ、ちょっと、颯真。それ、まずいんじゃ……」

「心配すんな。ここは〝お伽《とぎ》の国〟ってヤツなんだろ?」

「へ……」

恐らく、どこぞのネズミが活躍する場所と混同しているのだろう。しかし、こんなショボイ遊園地とは間違えることさえおこがましい。梢はそう言おうとしたが、颯真は構わずどんどん歩いて行ってしまった。

（大体、どうして夜の遊園地なんか俺と……）

機嫌よく左右に揺れる尻尾を追いかけながら、「パーッと気分が晴れるところ」という先ほどの言葉を思い出す。

（もしかして、慰めてくれようと……したのかな……）

食卓の梢があんまり落ち込んでいたので、颯真なりに考えてくれたのだろうか。そんな風に思ったら、胸がふわっと暖かくなった。彼とはずっと気まずいままだったので、普通に話せている分も余計に嬉しい。

それに、と視界を占領するふさふさの毛並を見つめて嘆息する。

あれは、やっぱり反則だ。本体は威圧感に溢れた粗雑な男なのに、ぴょこんと突き出た三角耳と真綿のような尻尾は悔しいくらいに愛らしい。ブラッシングの時の極上の手触りと柔らかな感触を思い出しただけで、つい口許が緩みそうになる。

「おまえ、歩くの遅いな」

一向に追いつかない梢に、やれやれと颯真が足を止めた。そっちこそ開園と同時に走っていく子どもじゃあるまいし、何をそんなに急いでいるんだと思う。

「――ほら、あれだ」

梢の表情から察したのか、颯真は真っ直ぐ前方のアトラクションを指差した。

「今から、あれに乗る」

「え、あれって……観覧車？」

「そうだ。ここを見つけた時から、いつか梢を乗せてやりたかったんだ」

「俺……を……」

「ああ。この街へ来たばかりの頃、狐鈴が〝屋敷から見えるきらきらしたものは何？〟って騒いだんで皆で……いや、琥珀以外の皆で探しに出たことがある。おまえと会う、少し前のことだ。俺は梢が女だと思い込んでいたから、絶対連れてこようと思った」

「…………」

そうか、と感動と落胆の両方を味わいながら梢は聞いていた。

そんな風に夢を見てきたのに、あろうことか孫は男だったのだ。それは悪かったよな、と今度は素直にそう思った。

「でも、別に関係なかった。梢は、梢だからな」

「え……？」

今、颯真は何て言ったのだろう。

思わず耳を疑った梢に、改めて颯真がニヤリと笑みを見せた。

「一番最初は、確かに一族のために子どもが欲しかった。だから、ゆうたろうの娘が娶れないとわかった時はがっかりしたよ。でも、その時に俺はおまえに出会った。生まれたばかりの梢は、俺がそれまで知らなかった良い匂いをしていたんだ」

「匂いって……」

「俺が本当に欲しいのは、この人間だと思った。あれから、梢が十八になるのを毎日数えて待っていたんだ。雄だと知った時は愕然《がくぜん》としたが、やっぱり観覧車には梢を乗せてやりたい。それは、おまえが梢である限り変わらない」

「………」

どうしよう、泣いてしまいそうだ。

真っ直ぐで飾り気のない、当たり前の言葉。それが、こんなにも優しいなんて今まで知らなかった。生まれてからずっと、誰かにそう言ってもらうのを待っていた気がする。

「俺も……」

こみ上げる何かを伝えたくて、梢は一生懸命に考えた。でも、思い浮かぶ言葉は颯真がくれたものには程遠くて、もどかしさばかりが募っていく。

チェロがあったら――強く梢は思った。

今ここにチェロがあったら、きっと届けることができるのに。弓から生み出す旋律に、颯真への想いを乗せることができたのに。

「梢……？」

不思議そうに、颯真がこちらを見つめ返した。梢がずっと黙ったままなので、心配しているようだ。「何でもないよ」と笑って答え、梢は見つからない言葉を宿題にした。

「学生と大人です」

少し照れ臭さを感じながら、古臭い回数券を係員に渡す。到着したゴンドラは男二人には些《いささ》か窮屈だったが、気分は自然と高揚してきた。

「そういえば、子どもの頃はここに連れてきてもらうのが何よりも楽しみだったな。母さんも普段は忙しい分、一緒になってはしゃいでさ」

「今はほとんど客がいねぇけど、貸切りみたいでいいだろ」

まるで、自分の手柄のように颯真が勝ち誇っている。彼が言った通り、本当に見事なまでに人がいなかった。これでは起死回生どころか、赤字が増えるばかりだろう。梢がざっと見た限りでは、ゴンドラもほとんどが無人だ。年配の男性係員は颯真の耳と尻尾にもまるで関心を示さず、のんびりと持ち場へ戻っていく。現実離れした空間なだけに、いつしか梢も気にならなくなっていた。

「狐鈴が聞いたら、拗ねるかもしれないね。今度は、あの子も連れてきてあげないと」

「いいのか？」

「え？」

ゆっくりと上昇を始めたゴンドラの中で、颯真が真面目に問い返してくる。

「いいのかって、どういう意味……」

「おまえ、あいつらと何かあったんだろ？　食卓におまえが一人でいるなんて、今までなかったじゃねぇか。喧嘩でもしたのか？　それとも、何かされたか？」

「喧嘩って言うわけじゃないけど」

「あいつら、食い意地張ってるからな。メシも食わねぇなんて珍しいんだ」

由々《ゆゆ》しき問題だ、とでも言いたげな口調に、堪え切れなくなって梢は笑い出した。好物は肉と即答するくせに、すっかり自分のことは棚に上げている。

「……何かよくわかんねぇけど、機嫌直ったみたいだな。まぁ、おまえが気にしないって言うなら、次は皆で来ようぜ。琥珀は面倒がるだろうけど」

「そうだね、楽しみだな」

颯真が「皆で」と言うのは、とても珍しかった。以前、琥珀が狼族は孤高だと言っていたが、その言葉を裏付けるように彼はほとんど他の連中と繋がりを持とうとしない。だからと言って孤立しているというわけでもなく、周囲も適度な距離感で付き合っているのがいい感じだった。

「あのさ、怒らないで聞いてほしいんだけど」

「あ？」

「こっちに滞在できるのは最長で一年で、しかも連続はダメなんだろ。今回、もし嫁が見つからなかったらどうするの。再来年、また来て探すのか？」

「いや、探さねぇよ」

即答され、ちょっと梢は面食らう。その声音には、一片の迷いもなかった。

「本当のことを言うと、梢が雄だってわかった時から嫁探しにはほとんど意味がなくなっていたんだ。俺はゆうたろうが初めてできた人間の友人で、あいつの血を引く者ならいいかと思っていた。そいつが叶わなくなった後も、また心の許せる相手ができればと思ってふらふら出歩いちゃいるが……正直、七十年前とは場所も人の心も何もかも変わっちまってる。そうそう上手くはいかないさ」

「颯真……」

「狼族としては、純血の子どもが生まれる奇跡を待つしかねぇな」

半ば諦めとも取れる返事に、何だか肩透かしを食らった気分だ。颯真のことだから、理想の嫁が見つかるまで何十年、何百年でも粘ると言うかと思っていた。

(でも、あんまり時間がかかりすぎたら、わざわざ人間の嫁をもらう意味がないもんな。その間に、颯真以外の狼族同士で子どもが生まれる可能性だってあるわけだし……もちろん、その方が理想的なんだから)

どちらにせよ、颯真の将来に自分は関われない。

淋《さび》しくそう思った時、ふと一つの考えが梢の脳裏に浮かんだ。

「颯真、もう一つ訊いてもいい？」

「今度は何だよ」

「孫の俺が男なんだから、また結婚して娘ができたら……とか考えなかった？　じいちゃんがあんたに約束したように、俺に〝娘ができたら嫁にくれ〟とは迫らなかったよな？」

「…………」

「あ、もちろん、俺はそんな約束する気はないよ？　颯真には悪いけど、やっぱり……」

「しねぇよ」

やんわりと遮り、颯真はちいさく微笑んだ。

「さすがに、そこまで執念深くはないからな」

「そ……か……」

見慣れた彼とはまるきり別人の、抑えた情熱が笑顔に力強さを与えている。梢の心臓は激しく高鳴り、見ているだけで息が苦しくなってきた。

「……綺麗だな」

光の散らばった地上を見つめ、颯真が話題を逸らすように呟いた。

三角耳がピンと立ち、尻尾が上機嫌に揺れている。梢が肌寒さを感じないのは、両脚にぱたぱたと触れているからだ。

「くすぐったいよ」

くすりと笑いながら、梢は軽く抗議した。何だか夢でもみているようだと、そっと心の中で続ける。人気のない寂れた遊園地に、獣の耳と尻尾を持った男と二人。真冬の夜空をスローペースで横断しながら、生まれ育った街を一緒に見下ろしている。

「……俺さ」

間もなく、夜の天辺だ。

梢は、思い切って口を開いてみた。

「チェロ習ってたんだ。あ、チェロって楽器、わかる？」

「ああ。バイオリンの親玉みたいなヤツだろ」

「全然違う。でもまぁ、それはいいや。で、今はやめたんだ。二度と弾かない」

「どうして」

躊躇《ちゅうちょ》なく尋ねる顔は、純粋な驚きに満ちていた。好奇心も遠慮もない、あるがままに梢の言葉を受け止めている。颯真の反応にホッとして、梢は再び話を続けた。

「理由はたくさんあるけど、一つ一つは小さいものだよ。才能に限界を感じたとか、家があまり裕福じゃないとか。でも、本当は疲れちゃっていたのかもしれないな」

「…………」

「うち、父さんがいないだろ。じいちゃんが病気で倒れて、音楽の勉強、時間もお金も凄くかかるからさ。それまでも、どこかで家族に負い目を感じてたから、じいちゃんを口実

に逃げ出したんだ、チェロから」

「好きだったのに？」

「……うん」

シンプルな颯真の一言が、胸に深く突き刺さる。

「でも、自分自身はごまかせないよな。大好きなものを捨てたって意識は、ずっと心の中に残っていて……いや、残ってるんじゃない。こびりついていいるんだ。どんなに言い訳を重ねても、全然消えていかないいんだ」

「梢……」

まずい、と思った時には、語尾が潤《うる》んでいた。鼻の奥がツンとして、視界がじんわりと濡れていく。涙を零さないようにと苦労しながら、梢は懸命に声の調子を整えた。

友達にも家族にも、ずっと弱音など吐けなかった。己の弱さを認めてしまうと、もう頑張れないんじゃないかと怖かった。それなのに、狼の耳と尻尾を持った男に本音を溢れさせている。そんな自分が、不思議で仕方がなかった。

「俺、自分が好きになれない。あんなに大事にしていたチェロを捨てて、しょうがないってごまかしている卑怯《ひきょう》者だ。昼間、和兎さんがチェロを買ってきて、何か弾いてほしいって言ってきた。他の皆も聴きたいって。でも、触るどころか見るのも辛くて……」

ぽふっと、話の途中で尻尾に膝を叩かれる。横を向いた颯真はひたすら窓の外を眺めていたが、慰めるように柔らかな刺激がぽふぽふと続いた。

「おまえは、悪くねぇだろ」

「え……」

己の言葉を肯定するように、遅れて尻尾が大きく揺れる。

「あいつらだって、わかってる。梢が悪いんじゃない、自分たちが考えなしだったんだって。ただ、梢にどう謝ればいいのかわかんねぇんだ。おまえを傷つけて怒らせた、嫌われたかもしれない、どうしようってさ。俺、あいつらの気持ちはよくわかる。ついさっきまで、俺もそういう気分だったから」

「そんな……」

「自分を好きじゃない、なんて言うな。だって、あいつらはおまえが大好きなんだ」

「…………」

不思議だった。

颯真の話を聞いていると、深刻に悩む必要なんかない気がしてくる。チェロを弾くのが辛くなってやめた。でも、また弾きたくなったら始めればいい。ただそれだけのことを、小難しく考えていただけなんじゃないだろうか。

「ありがとう、颯真」

ためらうことなく、自然とそう口にできた。

ありがとう、と言える自分を、梢は少しだけ好きになれた。

「……帰るとか言うなよ？」

「え？」

「あ、いや、だからさ……バイト辞める、とかさ」

「帰ったりしないよ」

そんなことを心配していたのかと、苦笑交じりに否定する。どうやって気まずくなった彼らと仲直りしようかと悩んではいたが、帰ろうなんて露《つゆ》ほども考えなかった。

「何かから逃げ出すのは、一度でこりごりだよ。大体、帰る気があったら颯真の帰りなんか待ってないだろ。あのご馳走だって、仲直りのきっかけにしたくて作ったんだから」

「な……」

「明日は、皆ちゃんと食べてくれるかなあ。今月の食費、けっこう使っちゃったからしばらくは粗食が続くけど許してくれるよね」

「何だ……そっか……」

露骨に安心した顔を見せ、颯真はずるずるとシートに身を預ける。いつの間にか、尻尾の不安な揺れもなくなっていた。彼の喜怒哀楽はストレートで振り回されてばかりだが、こんな姿を見てしまうと、だからこそ自分も素直になれたのだと思う。最悪だった第一印象からは想像もできないほど、柔らかな空気がゴンドラに満ちていた。

「あ、見てみなよ、颯真。星が散らばってるみたいだ」

「え？」

一番高いところへ到達し、梢は目を凝らして地上を指す。颯真が身を乗り出して、すぐ隣に顔をくっつけてきた。並んで窓の外を見下ろし、家族や皆はどうしているだろうと考える。瞬《またた》く光の粒たちに向かって、「ここだよ」と心の中で呼びかけてみた。

「何だか、可愛い光だよね。都会のネオンみたいに派手じゃないけど、ほっとする感じ」

「……あれに似てるな」

「あれって？」

「金平糖《こんぺいとう》」

意外な単語が飛び出したので、どこで覚えたの、と訊いてみる。すると、颯真は少し得意げな様子で横顔を向けたまま笑った。

「ゆうたろうに、一度だけ貰ったことがある。命を助けた礼だと言ってたな。小さくて棘がたくさんあるのに、口へ放り込んだら甘かった。今でも好きだ」

「へぇ……」

「梢も、金平糖に似てる。棘がいっぱいあるのに、本当は甘い」

「え、俺ってそんな棘とげしいかなぁ」

「何でもかんでも、〝頑張らなくちゃ〟って背負い込もうとしてただろ。人の助けは借りませんって顔で。だけど、中身は柔らかい。きっと、舐めたらすぐ溶ける」

「ちょ……あのねぇ」

「――梢」

名前を呼ばれて彼を見た瞬間、ふわりと唇が重ねられる。

優しく押し付けられた感触は、そのまま微熱となって甘く流れ込んできた。

「…………」

「おまえ、やっぱり良い匂いするな」

照れ隠しのように笑って、唇を離した颯真が人差し指で梢の目元を拭う。先ほど滲んだ涙が彼の指を濡らし、呆気に取られている間に口の中へ含まれた。

「なっ、何してんだよっ」

「今度は、直接舐めてやる」

「え……」

「だから、これからも安心して泣いていいぞ、梢」

その途端、体温がぶわっと急上昇した。羞恥《しゅうち》と混乱に頰は火照り、何か言い返そうにも頭がまったく働かない。二度目なんてありえないと思っていたキスさえ、今の破壊力に比べたら大したことではない気がする。

（これからもって言うけど……ずっと一緒にはいられないじゃないか）

そんな憎まれ口を叩いてやりたかったが、どうしても唇は動かなかった。

観覧車は、緩やかに下降線を辿りつつある。

夜空を一周する間に、梢は初めての恋に落ちていた。


屋敷の連中が寝静まった深夜、琥珀はいつものように階下へ降りて行った。

キッチンで水を汲んで飲み、深々と息をついてから、一日の出来事を振り返ってみる。

それは一つの習慣のようなものだったが、波風のない平穏な日々が続く中、今日はいろいろと刺激に満ちた日だった。

「梢とチェロか……」

あの優しげな少年に、包み込むような奥行きのある音色はとてもよく似合いそうだ。だから、ぜひとも聴いてみたかったのだけど、あの様子では当分無理かもしれない。

「まったく、和兎も先走りすぎだ」

好意に好奇心が混じれば、大抵はろくな結果を生まないものだ。それは、すでに相手のためでなく自分の欲求を満たすことになる。でも、和兎に悪気があったわけではないし、そのことは梢もわかってくれているだろう。

考えてみれば、梢が楽器を持参しなかったことで何かしらのトラブルは推測できたはずだった。バイト先だからといって、鍛錬を一日休めばそれだけ演奏の腕は鈍る。それなのに、彼はチェロが弾けることとさえ隠していたのだ。彼より自分たちの方が何倍も生きているのに、実に配慮が足らなかった。

「あれ……颯真？」

部屋に戻ろうかと思った時、新たな来訪者がキッチンへやってきた。颯真だ。琥珀を見て一瞬ためらったようだが、すぐにズカズカ中へ入ってきた。

「やあ、今夜の功労賞くん」

「何だよ、それ」

「梢を連れ出して、元気にしてくれただろう。助かったよ、ありがとう」

「別に、おまえらのためにしたんじゃねぇよ」

案の定、可愛くない返事をして冷蔵庫を覗き込む。遅い夕食をあれだけ食べたのに、と呆れていたら、冷凍庫からココアミルクのアイスクリームを出してきた。

「それ、明日のオヤツだけど」

「おまえも食うか？」

ほら、とカップをもう一つ渡されて、何となく二人でアイスを食べる羽目になる。明日になって梢が知ったら怒るだろうな、と思ったが、それもまた楽しみになってきた。何しろ琥珀は猫族を総《す》べる一族の次期当主なので、叱られる機会などそう多くはない。

そのせいだろうか、とスプーンを銜《くわ》えて少し笑った。

最初はだるいだけだったここの生活が、案外気に入り始めている。絶対に気が合わないと思っていた連中とも、梢という存在が良い緩衝剤になっているお蔭で、けっこう楽しく過ごせていた。もっとも、狐鈴は相変わらず自分にはびくついているが、元の世界に戻れば甘やかされ放題なのだから構わないだろう。

「……あのよ」

「何かな？」

黙々とアイスを食べていた颯真が、言い難そうに唇を尖らせた。

「いろいろ、その、ありがとな。梢のバイトのこととか……」

「ああ、あれは我ながらナイスアイディアだった。実際、とても助かっている。梢が家事をこなせる男子高校生だったのは幸運だったな。まぁ、こっちの世界での軍資金は余裕があるし、狼族に恩を売っておくのは悪い選択じゃない」

「恩って……」

「でも、そうだろう？　颯真が苦し紛れにバカなことを口走るから、梢はひどく怒っていたじゃないか。あのまま帰したら、二度と会ってくれなかったかもしれない」

「それは……感謝してるけどよ……」

あの時「大バカ」と言ったことを思い出したのか、その顔は若干不本意そうだ。だが、実際梢が帰った後、颯真はその場の全員から強烈なダメ出しを食らっていたのだ。よりにもよって「繋ぎ」はないだろうと、和兎など自分が侮辱されたように怒っていた。

「いずれにせよ、興味深い成り行きだ。今後も、見守らせてもらうよ」

「おまえ、もう少し言い方を考えた方がいいぞ。何を聞いても腹黒く聞こえる」

「それは仕方ない。俺たち猫族は、王家を支える御三家の一つだ。何者にも支配を受けない、孤高の狼族とは違うさ。いずれ、俺は王を助けて一つの世界を動かす立場になる」

「まぁ、琥珀ならソツなくやるだろうけどよ」

最後のひと舐めまで終わったのに、颯真はなかなか席を立たない。物憂げに揺れる尻尾に目を留め、琥珀は（ふぅん）と何かを察した。

「なぁ」

「うん、何？」

「……和兎、大丈夫か？　あいつ、梢に謝ってねぇだろ」

「謝ってないな。彼が将来の兎族を率いるかと思うと、今から胃が痛くなる。まぁ、彼の場合は跡継ぎを巡って一族の間でゴタゴタしたから、同情の余地がないわけじゃないが」

「実は、そのことなんだけどよ……」

思い切ったように、颯真が身を乗り出してくる。三角耳をピンと立て、尻尾の振りはますます激しくなっていた。

「やっと本題か。待ちくたびれた」

琥珀は静かにスプーンを置くと、微笑を用意して続きを待つ。

笑う余裕などなくなるとは、この時はまだ夢にも思っていなかった。

4

颯真が、街で女の人に会っているらしい。

そんな話を梢に知らせたのは、意外にも祖母の手紙だった。彼女が買い物に出た際に、颯真と綺麗な女性が親しげに話している場面に何度か遭遇《そうぐう》したという。向こうは気づかなかったようだが、あんな目立つ男は見間違えやしないよ、と書かれており、祖父の約束を図《はか》らずも違《たが》えてしまったので新しく嫁を見つけたなら何よりだ、とあった。

「新しい嫁……」

文字を追っている間に鼓動が速くなり、最後は耳障《ざわ》りなほど音が煩わしくなる。

遊園地では嫁探しを諦めたようなことを言っていたが、あれから急転直下の出会いでもあったのだろうか。会っている様子や会話など、さすがに祖母もそこまで注意を払ってはいないらしく何も書かれていなかったが、想像するだけで胸に小さな痛みが走った。

「でも、最初から出かける頻度は多かったよな。闇雲に、嫁や仲間を探し回ってる様子でもなかったし……。ひょっとして、早い段階で知り合ってたのかな……」

しっかりしろ、と自分へ言い聞かせる。

わかっている。颯真のために、ここは喜んであげるべきだ。

寿命の違う人間と添い遂げるのは難しいが、彼は「いつ死ぬかなんて、誰にもわからない」と腹を括《くく》っていた。それだけの覚悟があるのなら、きっと相手を幸せにできるだろう。一族の将来にも希望が出て、全てが丸く収まるのだ。

「うん……わかってるよ……」

くしゃ、と手の中で手紙に皺が寄る。まだ本当のところは不明だし、女性が嫁候補だなんて確証はどこにもないが、浮かれた気分を落とすには充分だった。何度もくり返してきたことだが、自分は決して颯真には選ばれないのだから。

「でも……」

じゃあ、あのキスは――と考えてしまいそうになる。

一度目は腹立ち紛れだったとしても、観覧車のキスに意味はなかったのだろうか。

ほんの数日前のことなのに、梢にはひどく遠い出来事のように感じられた。


「これでよし……っと」

午後のお茶とケーキを居間へ運びながら、梢はホッと溜め息をつく。

本日も和兎と颯真は外出中なので、用意したのは四人分だ。玲雄と遊んでいた狐鈴がぱあっと顔を輝かせ、すかさずたたたっと駆け寄ってきた。

「てつだう！」

「よし。じゃあ、ソファの琥珀さんを起こして。午後のお茶ですよって」

「やだ！」

即答するなり方向転換して、再び玲雄の元へ戻っていく。「手伝うんじゃないのかよ」と苦笑いする梢を見かねてか、玲雄が遠慮がちに寝そべる琥珀を何度か揺さぶった。

「琥珀、起きなよ。お茶だよ。ケーキだよ」

「……ケーキは何？」

「サンドクーヘンですよ。レモン風味のスポンジ生地に上質のバタークリームを挟んで、ピーナッツシュガーの粉糖をまぶしてあります。初挑戦だけど、良い出来ですよ」

薄目を開いて怠惰《たいだ》に尋ねる彼へ、梢が誘惑の言葉を並べ立てる。案の定、身体より先に尻尾がピンと天を向き、期待と高揚にくるくる揺れ始めた。

「猫って、本当はナッツ類を食べちゃダメなんじゃないかと思ったんですけど」

「梢、何度言ったらわかるんだ。俺たちは猫じゃない。特徴的な外見は似通っているが、中味は全然別物だ。早い話が〝いいとこどり〟だ」

「いいところ……なのかな……」

狐鈴を抱き上げてテーブルについた玲雄が、自信なさげに呟く。

「俺、獅子族なんかに生まれなきゃ良かったよ。この耳と尻尾のせいで、周りから勝手に強いイメージ作られちゃって迷惑してるんだ。どんなに期待されたって俺には何の力もないし、颯真みたいなカリスマ性もないのに……」

「え、颯真ってカリスマ性あるの？」

ケーキを切り分けていた梢は、驚きの余りうっかり口を挟んでしまった。黙っていれば精悍で野性味溢れる男前だが、感情がストレートな分、子どもっぽい面が多く目につくのも事実なのだ。お蔭で、やんちゃなイメージの方が強くなっている。

「まぁ、梢の目には『嫁探しに奔走《ほんそう》している残念な狼』にしか映らないかもね」

含み笑いをして、ようやく琥珀が起き上がった。

「でも、あいつは銀狼だから。狼族の中でも特にレアなんだ」

「あ、もちろんそれだけが理由じゃないっすよ？　颯真は滅多に本気の顔を見せないけど、本当に凄くカッコいいから。ひと吠えだけで、皆動けなくなるもんな？」

「あまいおいなり、めっちゃうまい！」

話に混ざりたがった狐鈴が、最後は無関係な感想で会話を締める。梢の作ったどんなケーキよりも、甘く味付けした稲荷寿司に敵うものはないようだ。

（そういえば、この間颯真と帰った時も口の周りをご飯つぶだらけにしてたっけ）

遊園地から戻った夜を、梢は多少の気恥ずかしさと一緒に思い出した。

『梢さん、昼間は本当にすみませんでした』

『ぼくも！　ぼくもあやまる！　そうまのよめ、ごめんなさい！』

玲雄と狐鈴が揃って頭を下げ、却って梢は恐縮してしまう。俺は昼間謝ったし、と琥珀だけは普段と変わらなかったが、どこか安堵の色が瞳に滲んでいた。

『あのね、そうまのよめ。ごはん、めっちゃおいしかった』

心の底から幸せそうに、狐鈴が全開の笑顔を見せる。テーブルの上には食べ散らかされたご馳走の残骸があり、ほとんどの皿が空になっていた。

『そうまのよめがでかけたあと、らっぷぜんぶはずしてくったの。だってさ、ぼくのすきなものばっかりだったんだもん。そうまのよめ、かえってきてよかったー』

『俺も、その、ハンバーグが美味かった、です』

『パンケーキのタネが冷蔵庫にあった。今から焼いてくれるかな』

キャラメルミルク味で、と琥珀が澄まして言い、これには戸惑っていた梢も苦笑するしかなかった。その後は颯真の分まで次から次へとパンケーキを焼かされ、なし崩しに仲直りが完了する。気がかりなのは和兎がいないことだったが、どうやらちゃんと帰ってきてはいるらしい。ただし、キッチンで食事している玲雄たちには目もくれず、自室へ直行してしまったのだという。

『チェロは返品するよう、俺が和兎と話すよ。玲雄も無駄な荷物持ちに駆り出されて、ご苦労だったな。……って、こんなところでどう、颯真？』

『何で、梢じゃなくて俺に訊くんだよ』

『だって、保護者みたいに睨みを利かせているし』

『う……』

　琥珀にあっさり指摘され、彼はおろか梢も一言も言い返せなかった。颯真は憮然とした面持ちで梢の傍らに立つと、低く喉を唸らせながら終始皆をねめつけていたのだ。

『ふぅん』

　たっぷりパンケーキを詰め込んでご満悦の琥珀は、瞳を細めると再び口を開いた。

『君たち、ちょっと雰囲気が変わった？　どこで何をしていたんだ？』

『え、えっと、それは……』

『そうまのよめ、ちゃんとしごとした？』

『仕事……？』

　何のことだかよくわからないが、話題が逸れてくれたのは有難い。梢は内心ホッとしながら、救世主の狐鈴に笑顔を向けた。

『仕事って何のことかな、狐鈴？』

『きすだよ！』

『……え』

『よめのしごとは、きすしてもおこらないことなんだって。そうまがゆった！』

『………』

無邪気に暴露された颯真が、ひどく慌てているのが気配でわかった。けれど、まさしく「キスされても怒らなかった」後だけに、梢の方も上手くごまかせない。そのまま表情が固まってしまい、語るに落ちる状態になってしまった。

『この、おしゃべり狐……』

忌々しげに舌打ちをし、颯真が狐鈴を睨みつける。けれど、どれだけ威嚇《いかく》しようが後の祭りだ。琥珀はニヤニヤしているし、玲雄はほんのり顔を赤らめている。天然なのか計算なのか微妙なラインの狐鈴は、颯真の悪態を楽しそうに聞いていた。

『あ……あの、そうだ、和兎さんは？　和兎さん、お腹空いてないのかな？』

何とか空気を変えねばと、気になっていたことを尋ねてみる。帰宅するなり部屋に閉じこもっているのなら、サンドイッチでも作って持っていってあげたらどうだろうか。

だけど。

『やめておいた方が、いいと思います……』

満腹になった狐鈴を抱き上げ、玲雄が顔を曇らせる。

『俺、ちらって見えたんだけど……和兎、左頬が赤くなってた。きっと、誰かに叩かれたんだと思う。怪我はしていないようだけど、ショックだったんじゃないかな』

『叩かれって……そんな……！』

『仕方がない。彼の場合は、自業自得《じごうじとく》だ』

はぁ、と溜め息をつき、琥珀が腕を組んで眉を顰めた。

『一度迫られているから、梢も知っているだろう？　和兎は、貞操観念が緩くて節操がない。あの容姿を武器に次々とたらしこめば、恨みを買っても当然だ』

『で、でも……』

『事実なんだから、取り繕えない。俺たち同様、和兎がこっちの世界に来ているのは彼の本意ではないし、そのストレスをセックスで晴らしている面がある。もちろん、生まれついてのビッチだっていう大前提はあるが』

『琥珀さん……』

ツッコみどころが多すぎて、梢はどう反応していいかもわからない。颯真は黙って話を聞いていたが、時々同意を示すように尻尾が揺れていた。

『ただ、厄介なことがある。和兎は、言動に反比例して頭の中身はそんなに軽くない。問題を拗《こじ》らせると、ちょっと面倒なのはそのせいだ。梢のチェロも、きっと俺たちの誰よりも聴きたかったんだと思う』

『…………』

『仲直りに、少し時間がかかるのは覚悟してほしい。もっとも、梢の方で彼と仲良くしたいという意志があるなら、の話だ。君がこの屋敷にいるのは三月の頭までだし、多少の空気の悪さが我慢できるなら無理しなくても……』

『しますよ！』

間髪容れずに、梢は答えていた。

家へ帰るまでの間、和兎と険悪なままなんて冗談じゃない。無節操に迫られて閉口したのは事実だが、いつも陽気で明るい彼はムードメイカーとして曲者揃いの屋敷には必要な存在だった。それに、チェロの件はこちらの過剰反応も良くなかったのだ。

『俺、和兎さんと仲直りしたいです。チェロを弾く決心はまだつかないけど、ちゃんと話してわかってもらいたい。時間があまりないからこそ、余計にそう思っています』

『梢……』

『琥珀さんだって、本当はこんな空気は嫌でしょう？　マイペースなようでいて、誰よりも皆の感情に敏感なのはあなたじゃないですか』

『…………』

真っ直ぐに切り込むと、珍しく琥珀の目元に朱が走った。これには颯真や玲雄も驚いたのか、バタバタと一斉に尻尾の揺れが激しくなる。バツが悪そうに背中を向けた琥珀は、ソファへ近づくなりごろんと寝転んでしまった。

『わかった。勝手に頑張れば。颯真も、それでいいよね？』

『だから、何でいちいち俺に訊くんだ、おまえは』

いきなり振るな、と文句を言う颯真へ、琥珀はにっこり黒い微笑を向ける。

『だって、梢は君の嫁……』

『おまえなぁ！』

今更な揶揄《やゆ》にも拘らず、颯真は真っ赤になって声を荒らげた。その反応に満足した琥珀は、いつもの余裕を取り戻して目を閉じる。その後は、いくら颯真がやいやい言おうが全て心地好さげな寝息に流されてしまった。

「……だよね、梢？」

「…………」

「梢？　聞いてる？」

「え……あ、すみません、琥珀さんっ」

回想にどっぷり浸かっている間に、何やら話しかけられていたらしい。我を取り戻した梢は、慌てて琥珀の方を見た。こちらを窺う瞳は、けぶるような優美さに包まれている。

「どうしたの？　何か心配事？　ああ、和兎のことかな。それとも颯真かな」

「かずときらい！　ぼく、かずとはきらいだから！」

「黙って、狐鈴。おまえの話はしてないだろ」

「こはくもきらい！」

むうっと頬を膨らませ、狐鈴が玲雄にしがみつく。家来と言って憚《はばか》らないだけあって、二人はいつ見ても小さな王子と騎士のようだった。もっとも、常に耳を垂れ、眉をへの字に曲げて気弱そうに笑んでいる騎士では非常に頼りなくはある。本人もコンプレックスに思っているようだが、梢は彼の優しいところが好きだった。

「狐鈴、何だか眠いみたいだ。俺、寝かしつけてくるよ」

「そうして、玲雄。ちょっと、梢と話があるから」

「……わかった」

狐鈴を抱き上げた玲雄は、琥珀の言葉に神妙に頷く。話って何だろう、と些か構えた気持ちでいると、立ち去りかけた玲雄が「あの」と思い切ったように声をかけてきた。

「梢さん、いつ家に帰っちゃうんですか？」

「え？」

「あ、だって、約束の期限までもう一ヶ月もないし……颯真、何も言わないから」

「気になるのか、玲雄？」

梢が答えるよりも先に、琥珀が興味深げに問いかける。紅茶のカップを持つ手を止め、耳をピンと立てた彼は玲雄の目をニヤニヤ覗き込んだ。

「ずいぶん、梢がお気に入りなんだな？」

「や……別に、変な意味じゃないけど……ほら、梢さんの料理美味いし。俺たちの耳や尻尾を見ても、普通にしてくれるしさ。何か、あと少しでお別れって淋しいなって」

「どちらにせよ、俺たちだって春までしかここにいない。引き止めたところで、別れなくちゃならないのは同じだ。颯真だって、そう思っているから何も言わないんだろう」

「そう……なのかな……」

素っ気ない琥珀の言葉に、玲雄はみるみる肩を落とす。何だか気の毒になり、梢は急いで会話に加わった。

「ありがとう、玲雄くん。そう言ってくれて、俺、凄く嬉しいよ」

「梢さん……」

「でも、やっぱりここにずっとはいられない。四月には学校が始まるし、皆の面倒をみる時間もうんと少なくなる。第一、俺をここへ連れてきた颯真が何も言ってこないしね。あいつの目的は嫁なんだから、見つかったら俺なんかどうでもいいんじゃないかな」

「え、颯真の奴、嫁になる人を見つけたのか?」

「あ……えっと……」

うっかり口を滑らせてしまい、しまったと思ったがもう遅い。玲雄はひどく驚いた様子で、ちらりと琥珀の方を見た。だが、琥珀も初耳だと言うように首を振り、微妙な沈黙が舞い降りる。

「そうまのよめ、どこかいっちゃうの?」

玲雄に抱っこされた狐鈴が不安そうに目を開き、ジッとこちらを見つめてきた。

「ぼくたちと、ずっとここにいるんじゃないの？」

「狐鈴、それは無理だ」

取りつく島もなく、琥珀が言い放つ。

「俺たちがおまえの我儘に付き合うのは、春までって条件だろう」

「そうだけど……」

「あの、それ、どういう……」

気になるセリフのやり取りに、梢は軽く混乱する。まるで、彼らがこちらの世界に来た理由は狐鈴にあるような口ぶりだ。

「まぁ、梢には隠しても意味ないか。いい機会だから、話しておくよ。実は……」

「ぼく、おうさまなんだよ！」

琥珀の言葉を遮って、狐鈴が高らかに宣言した。

「だから、いちばんえらいひとなの。そうだよね、れお」

「おう……さま……？」

「狐鈴、大人の話に口を挟むな」

ちっと舌打ちをして、琥珀が狐鈴を睨みつける。鋭い眼光に晒されて、誇らしげだったふかふかな尻尾があっという間に萎れていった。

「ほんとだもん……ぼく、おうさまなんだもん……」

「正確には、第一王位継承者だ。狐鈴は王族の末っ子で、唯一の男子だからな」

「え、でも、王様って獅子族なんじゃ……」

「すいません、それは誤解です。こっちの世界じゃ〝百獣の王〟とか言われてるけど、俺たち獅子族は昔から王を守る近衛騎士団の一族で……」

「そうなのっ？」

　申し訳なさそうに説明する玲雄は、梢が以前から感じていた通り、本物の騎士だったのだ。王族の狐鈴の側で務めをはたしていた姿が、本人のキャラのせいで保父さんにしか見えなかっただけらしい。

「えっと、そんなに驚かれると肩身が狭いんすけど……俺たちの世界にはいろんな種族の獣人がいて、現在それらを総べている王家が狐族なんです。狐鈴は現国王の息子で第一王位継承者、御三家って言われる貴族の一つが俺の家で、残り二つのうち猫族の統治者の家に生まれた琥珀が第二、兎族の和兎が第三王位継承者になります」

「じゃあ、必ずしも狐族が代々治めるわけじゃないってこと？」

「いや、今回はたまたまだ。狐鈴の一族は政治力に長《た》けていて、優秀な頭脳を持っている者が多い。だが、現在は狐鈴以外に王位を継げる者がいないから、俺や和兎にも権利が生まれた。十中八九、狐鈴が次の国王になるが、幼すぎるので俺は摂政ってところかな」

「玲雄くんは……」

「獅子族の誇りは騎士として生きることなんで、政治には向いてないっすね」

「………」

狐鈴を優しくあやしながら、玲雄が笑って答えた。一族について語る言葉には凛とした力強さが漲り、普段の自信なさげな彼とはまるで違う。この前は「獅子族なんかに生まれなきゃ良かった」と嘆いていたが、騎士の一人であることは、やはり玲雄にとってもかけがえのない誇りなのだ。

「でも、次期国王って言っている割には、狐鈴の扱いってけっこうぞんざいですよね」

梢の純粋な疑問に、琥珀は「当たり前だ」と腕を組んだ。

「もちろん、即位すればそれなりの敬意は払う。だが、狐鈴はまだ子どもだ。こんなチビの内から周囲にチヤホヤされていたら、ろくでもない王になる。現国王からも、甘やかさずに普通の子として扱ってほしいと言われている。大体、王族がこちらの世界に長期滞在すること自体が異例なんだ。そういう意味では、狐鈴は規格外な王子と言えるな」

「だって、そうまがいくっていったんだもん……」

「颯真？　え、まさか颯真を追いかけてきたの？」

ここに来る前に、すでに接点があったのか。思わず梢が詰め寄ると、狐鈴はこくんと大きく頷く。やれやれと玲雄が苦笑し、琥珀はウンザリしたように長く息を吐いた。

「狼族は数も少ないし、歴代の王の誰にも従属したことがない。でも、狐鈴は颯真を見かけてから、ずっと臣下に加えたがっているんだ。まぁ、気持ちはわからなくもない。銀狼を従えた王なんて、過去にも存在しなかったし」

「そうそう。で、何かにつけて颯真を追い回して、とうとうこっちまで追いかけてきたってわけです。そのお守り役に派遣されたのが、俺と琥珀、和兎で……」

「ぼくのけらいになったら、そうまのよめもいっしょにおしろへくるんだよ」

「はいはい、〝もし〟そうなったらな。狐鈴、お昼寝の時間だ。行こうか」

「……ん」

玲雄に促され、眠気が再び襲ってきたようだ。狐鈴は小さな拳で目をゴシゴシ擦ると、「ばいばーい」と梢に手を振った。一緒にふっくらとした尻尾が愛らしく揺れ、小さな次期国王は玲雄と共に居間を出て行く。

そうして、琥珀と梢の二人だけが残った。

「あの、琥珀さん……」

「何？」

「颯真は、臣下に下ったりはしませんよね」

「ありえないだろうな」

多分、狐鈴も本当はわかっている気がする。銀狼は、自分のものにはならないと。それでも我儘を引っ込めないのは、きっとここの暮らしが気に入っているからだろう。

「あと、和兎さんのことなんですけど……」

「うん？」

　仲直りのきっかけが摑めないまま、和兎とはすれ違いの日々が続いている。けれど、先ほど玲雄に指摘されたように、一緒にいられる時間はあと僅かなのだ。梢は思い切って、和兎の事情にも踏み込んでみる決心した。

「この間の晩、琥珀さんが話してくれたことです。和兎さんは、こっちの世界にいることが本意じゃない、そのストレスで遊び歩いているんだって」

「ああ、そう言えばそんなこと言ったな」

「だけど、殴るような相手と付き合うなんて心配じゃないですか。俺、彼とちゃんと話そうと何度も試みたんですけど、以前のように心を開いてくれなくて。最低限の会話はするんだけど、どこか壁を感じるっていうか……」

「いや、それが本当の和兎だよ」

「え？」

　ドキリとする発言に、梢の表情が固くなる。

「それ、どういう意味ですか？」

「愛想よくテンションの高い方が、嘘ってこと。和兎は、こっちの世界にわだかまりがある。正確に言うと――梢たち人間に」

「わだかまり……？」

「そう。簡単に説明すると、彼の身内がこちらの世界に来た時に人間と恋に落ちて帰国を拒み、追放になったんだ。和兎にとっては大事な家族だったから、相当傷ついたはずだよ。弱みを見せるのが嫌いだから平気な顔を繕っているが、本心では来たくなかったと思う。こっちの世界で消息不明になったままだと聞くし、トラウマになっているはずだ」

「そんな……」

初対面からノリが良く、陽気で人懐こい和兎にそんな過去があったなんて。

何も知らなかったとはいえ、梢の胸はキリキリと痛んだ。

『このまえ、たくさんかってきてたもん』

ふと、いつかの狐鈴の言葉を思い出した。彼はチェロを聴かせて、と言う前に、和兎はＣＤをたくさん買い込んでいたという。彼はちゃんと自分の中に下地を作って、それから梢に頼んできたのだ。単なる思い付きや気まぐれではなく、本気で聴きたいと思ってくれたからこその行為に違いない。それを、自分は被害者意識から頑なに断ってしまった。

「トラウマの原因となった人間を、今度は自分の身体を使って誘惑している。挙句に顔を叩かれたりして、本当に彼はバカ兎だ。逃げ足だけは速いんじゃなかったのか」

「琥珀さん……」

いつになく感情的な呟きに、梢は面食らいつつも感動する。やはり、彼も和兎を放ってはおけないのだ。結束の固い面子とは言い難いが、同じ屋根の下で幼い王族のお守りをする仲間同士、何か特別な絆《きずな》があるのかもしれない。

「ああ、そうだ。梢、うっかりしていた。君に話があったんだ」

「そういえば、言ってましたよね。何ですか？」

「颯真のことだよ」

「…………」

改まって何だろう、と軽い緊張に包まれる。

これまで、琥珀は好き勝手に自分のペースで生活をしていた。決して外界に無関心なわけではなく、むしろ観察眼は鋭い方だと思うが、自ら進んで話題を振るようなことは滅多にしなかったのだ。

そんな彼が、初めて「話がある」と言ってきた。しかも、内容は颯真のことだ。

吉凶どちらの展開か想像もつかず、梢は息を呑んで次の言葉を待った――。


階段を登る足音が、少しずつ近づいてくる。

ベッドに座って颯真の帰りを待っていた梢は、ちらりと壁の時計を見た。今夜の彼は特に帰宅が遅く、間もなく日付が変わろうとしている。朝帰り常連の和兎はまだ帰ってはおらず、他の連中はそれぞれ自室へ引き取って眠りに就いていた。

「……脅かすなよ」

ドアを開けるなり、颯真がギョッと動きを止める。ベッドサイドの淡いスタンドだけを点けた部屋で、梢は「お帰り」と声をかけた。

「勝手に部屋へ入ってごめん。どうしても、すぐ話がしたかったんだ。でも、キッチンとか居間だと声が響くかと思って……」

「いや、驚いただけだ。別に構わねぇよ」

いつもと様子が違うのを、さすがに感じ取ったのだろう。余計な口を利かず、颯真は窺うように顔を近づけてくる。擬態はすでに解いていたので、艶やかな銀の毛並が薄闇に浮かび上がってとても綺麗だった。

「梢……？」

「颯真、毎日のように誰と会ってるんだよ？」

「…………」

「和兎さんのお姉さんじゃないのか？」

単刀直入に切り出すと、明らかに颯真の表情が強張った。普段は雄弁に感情を語る尻尾も、ぴたりと動きを止めたままだ。彼は動揺を含んで梢を見返し、そのくせひどく冷静な声音で「……琥珀か」と呟いた。

「くそ、あの猫、案外おしゃべりだな」

「琥珀さんは、詳しくは話さなかった。知りたければ、颯真に直接訊きなよって」

「梢……」

「嫁とか仲間とか言っといて、本当は和兎さんのお姉さんを探してたんだろ。俺、聞いたんだ。彼女は、人間と恋に落ちて追放になったって。そのことで一族の間にたくさん問題が起きて、和兎さんはずいぶん大変な思いをしたっていうことも。それを、コソコソ隠れて会うなんて……一体、何を考えているんだよ」

「何で、梢がそんなにムキになるんだ。おまえには関係……」

「ないよ。そんなのわかってる」

言葉の最後に被せて、梢は半ば開き直って答える。

「これから俺が言うこと、颯真には迷惑かもしれない。ていうか、伝えたところで何かが変わるってものじゃないと思う。だけど、このまま黙っていたらきっと後悔するから」

「おい、一体何の……」

「だって、俺は雄で……颯真の嫁には、なれないから」

「…………」

さんざんくり返してきた言葉だが、今夜はまるで違う意味だった。

梢は、自身を納得させるために使っている。

颯真への想いを、諦めるために。

「俺さ、颯真が女の人と会ってるって聞いて、てっきり嫁候補が見つかったのかと思ったんだ。ばあちゃんが、街で何度か見かけたって手紙に書いてきてさ。じいちゃんが約束を守れなかった分、喜んであげなきゃって思ったんだよ」

「梢……」

「だけど、相手は和兎さんのお姉さんだったんだね。あんたの嫁になる人じゃなかった。それを知ったら、何か力が抜けちゃってさ。俺、バカみたいにホッとしたんだよ。俺がどう感じようと、颯真には全然関係ないのに。そうだろう？」

梢の問いかけに、颯真が戸惑うのがはっきりわかった。秘密がバレた後ろめたさ故なのか、その顔はどんどん余裕を無くしていく。それが梢の目には不穏に映り、まだ何か隠し事があるんじゃないかと憂鬱《ゆううつ》な気持ちが胸を塞いだ。

「颯真、俺を〝繋ぎ〟だなんて言ったのも、苦し紛れのでまかせだったんだよね？」

「何で……畜生、それも琥珀の奴か！」

「ううん、琥珀さんは何も言ってないよ。ただ、俺の見てきた颯真は人を道具扱いなんかしない、そう感じたんだ。違う？」

「し、知らねぇよ。第一、でまかせだったらどうだって言うんだ」

「本当のことを知りたいんだよ」

覚悟を決めて、更に一歩踏み込んでみる。梢の心臓は早鐘のように鳴り、声の震えを抑えるのが精一杯だった。けれど、毎日会っていたのが和兎の姉だと知った瞬間、もう自分をごまかせないと思ったのだ。

「なぁ、颯真。どうして、あんな乱暴なことを言って俺を屋敷に留めようとしたの。バイトって口実を琥珀さんが提案したのは、あんたの事情を全部わかっていたからなんだよね？　琥珀さんは、颯真の何を知っていたんだよ？」

「う……」

「俺のこと、颯真はどうしたいの？　嫁にもできないのに、何で側に置こうと……」

「うるせぇなっ」

声を荒らげるや否や、颯真の身体が乱暴に伸し掛かってきた。両方の手首をまとめて押さえつけられ、鈍い痛みに梢は呻く。力は容赦なく加えられ、ぎりぎりと骨が軋《きし》んだ。

「颯真、痛いよ。離し……」

「俺にだって……」

「え……」

「俺にだってわかんねぇ。何で、おまえを引き止めたくなったのか」

「…………」

「だけど、さっさと他の嫁を探す気になれなかったんだ。ゆうたろうの娘の時はすぐに諦めがついたのに、梢のことはそうできなかった。だから、おまえと最初に会った晩、そのまんまの気持ちを琥珀たちに言ったんだ。そうしたら、あいつらが〝とりあえず本人に会わせろ〟って騒いで……」

「それで、俺を連れて行ったの？」

「……そうだよ」

おまえは特別だ。お蔭で、俺も決心がついた。

他の獣人たちと顔を合わせる前、颯真が言ったセリフを梢は思い出す。何の決心か訊き損ねていたが、その答えが今夜ようやくわかった。

「颯真、考えようとしてくれたんだね。俺と出会った意味を」

「そんな小難しいことじゃねぇよ。皆に冷やかされて頭にきた俺が変なこと言って、おまえは凄く怒っただろ。それで、琥珀が気を回してくれたんだ。これきり縁が切れたら、梢と会えるまでの七十年が無駄になるだろうって」

「…………」

「でも、考えれば考えるほど、俺にはわかんなくなる」

梢を見下ろす顔に、苦悶の表情が浮かんだ。衝動的な行為とは裏腹に、積み重なった混乱と戸惑いが窺える。言い訳でもごまかしでもなく、彼は本気でわからないのだ。そうして、意味不明な苛立ちを梢にそのままぶつけている。

「おまえじゃダメなのに……」

「颯真……」

絞り出すような声と共に、颯真が縋《すが》るように抱き締めてきた。

「だって、おまえは嫌だって言った。寿命が違う相手とは添い遂げられないって。それを聞いた時、俺は本当は胸が抉《えぐ》られるような気持ちだった。俺といたら、おまえは悲しい思いをするのかと。自分の孤独なら、俺は幾らでも耐えられる。でも、おまえを傷つけたいわけじゃない。おまえと一緒にいたいと思うのは、いけないことなんだ」

「………」

「でも、嫌なんだ。梢を自由にしたくない。俺の知らない誰かのものになるなら、無理やり俺の住む世界に連れ去りたい。そんなこと、できるはずもねぇのに」

「……颯真……」

どうしよう。胸が苦しい。重なった鼓動が、頭をくらくらさせる。

颯真の言葉の一つ一つが、甘い牙となって心臓に食らいついてくる。

「そ……んなこと……」

何か言わなくては、と焦るものの、思考は少しもまとまらなかった。颯真の腕が隙間なく抱き寄せ、裸足《はだし》の甲をふわふわの感触が撫でていく。悲しくて幸福な気分に包まれ、梢は彼の背中へ両腕を回した。

おまえじゃダメなのに。

颯真の悲痛な訴えが、ぐるぐると頭の中でこだまする。同性で惹かれ合うなんて、まして人間と獣人なのに、一つも納得できる理由がない。それなのに、まるで相手の体温に飢えていたように身体が一瞬も離せない。

「俺が……嫌だって言ったから……？」

「ああ」

「それなら、どうして……」

「でも、おまえがいいんだ」

喘ぐように呟かれた一言に、泣きたい気持ちが襲ってきた。

颯真が、自分を欲しがっている。その事実だけが、幾千の言い訳を凌駕《りようが》する。

「梢……」

耳元で、颯真が名前を呼んだ。目の端を生温かな舌が這い、素早く舐め上げていく。その後も二度、三度と、ちろちろ動いては滲む涙を舐められた。観覧車で約束した通りだ、と心の中で呟き、こそばゆさに梢は微かな笑みを浮かべた。

「犬みたいだ……」

「違う。俺は誇り高い狼の一族だ。何者にも従属しない」

「知ってるよ。王様にだって、尻尾は振らないんだろ。ああ、颯真の尻尾、またブラッシングしたいなぁ。しばらく手入れしてないから、毛玉ができているかもしれない。なぁ、颯真。俺も嫌だな」

「え？」

「あんたの尻尾を、他の誰かが手入れするのはさ。そんなの、想像しただけで嫌な気分になるよ。この手触りを、俺以外にも楽しむ奴がいるなんて」

そっと背中の右手をずらして、極上の毛並を愛おしく撫でた。颯真は複雑な顔で黙り込んだが、尻尾は心地好さげに揺れている。こんな風に、知らない誰かが彼に抱かれて尻尾を撫でるのかと思うと、梢はこれまで感じたことのない息苦しさを覚えた。

「おまえ、俺を嫌ってるんじゃないのか？」

不思議そうに、颯真が尋ねてきた。そう言われても無理がないくらい、強引な振る舞いをしてきたと思っている顔だ。梢は微笑み、ゆっくりと首を振った。

「本気で嫌っていたら、こんなにおとなしくしていないよ。俺だって男なんだから」

「梢……」

手の中で、尻尾がぴくんと跳ねた。伏せていた耳がふるふる震え、梢はたまらず頬を緩めてしまう。自ら彼の耳へ唇を寄せると、白銀の毛先がくすぐったく頬を擦った。

「ごめん……」

自然と、そんな呟きが零れ出る。

わかっている。颯真は一族の未来を考えて、嫁を探しにきたのだ。だが、種族も寿命も違う相手と添い遂げる花嫁などそうそう見つかるわけもなく、一縷《いちる》の望みを託《たく》した祖父との約束も結局は果たされなかった。

もし、子どもを作ることだけを目的としていたら、梢を産んだ後の母親を強引に連れて行くことだってできただろう。けれど、彼は略奪を良しとしなかった。それは、未来を育《はぐく》む伴侶とは愛し愛されることが何より重要だとちゃんと知っているからだ。

だから、颯真は「梢がいい」と言う。

同じ唇で「梢ではダメだ」と嘆く。おまえを悲しませたくはないから、と。

それら全てが、愛しくて悔しくてたまらなかった。

「泣くな、梢」

へろ、と左目を舐められた。頬に手のひらが添えられ、淡く唇を重ねられる。

「そういう顔を見ると、堪えが利かなくなるだろ」

「嘘つき。いくらでも泣いていいって、言ったじゃないか」

軽く文句をつけると、今度は嚙みつくようなキスをされた。擦れ合う唇が情欲に燃え、颯真の重みを跳ね上がる鼓動が叩いていく。強引にこじ開けられた口腔に舌が侵入し、蹂躙されるのに時間はかからなかった。

「ふぅ……んっ……んん……ぅ」

呼吸困難に陥《おちい》った記憶が脳裏を掠《かす》め、反射的に身が竦む。けれど、感情を叩きつけるようなあの時とは違い、颯真の舌は巧みに快楽を引きずり出した。

貪るような激しさの反面、梢の反応に合わせて動きを変える。その繊細さは、とても同じ相手とのキスとは思えないほどだった。

「あ……ぁ……」

夢中で絡み合う舌が、牙の先端にちくりと触れる。撫で続けていた尻尾が、吐息を梢が零すたびにぶわっと膨らむのが可愛かった。

「颯真……」

口づけの合間に、名前を呼んでみる。祖父が付けた名前だと言っていたが、いつか本当の名前を教えてもらえる日はくるのだろうか。柔らかな刺激に目まぐるしく思考は回り、自分がどうして颯真とキスしているのか、段々わからなくなってきた。

濡れる唇を食《は》んで、颯真は深く奪っていく。口づけの数だけ艶めかしく音が散り、軋むベッドの生々しさに、やたらと羞恥が駆り立てられた。

「え……あ……」

いつしか唇から首筋へ、颯真のキスが移っていく。狼狽して身じろぐ梢に、咎《とが》めるような視線が向けられた。獣の片鱗《へんりん》を秘めた瞳は、無言の服従を迫っている。

「お、俺とする気なの？」

なけなしの勇気で訊いたのに、真っ先に返ってきたのは舌打ちだ。だが、怯んでいる場合ではなかった。ここでなし崩しに寝てしまえば、単なる勢いだけでは済まなくなる。

「颯真、よく聞いて」

「何だよ？」

「俺、颯真のこと好きだよ。それを言いたくて、今夜待っていたんだ」

「梢……」

「だけど、颯真は俺を受け入れないって思ってた。最初から失恋覚悟だったんだ。俺を選んだら、颯真はもう子どもを持つことはできないから。今は嫁探しを休んでいても、いつまた機会が訪れるかわからないだろう？　そうなった時、隣に俺がいたら後悔するんじゃないかって……」

「…………」

そんなことまで考えていなかった、と大きく顔に書いてあった。そうだろうな、と梢は溜め息をつき、しくりと痛んだ胸を無視しようとする。盛り上がった気分を中断され、颯真の尻尾が不満げにバッタバッタと振られていた。

「……俺は」

納得しかねる様子で、颯真が憮然と口を開いた。

「俺は、梢が欲しい」

「………」

「上手く言えねぇけど、梢の匂いは特別なんだ。胸がモヤモヤして頭がざわついて、ずっと側に置いて可愛がりたくなる。そういうのじゃ、ダメなのか」

ドキン、と心臓が大きく音をたてる。初めて颯真と顔を合わせた光景が、胸の痛みをますます強くした。口づけの余韻に濡れる唇を、梢は急いで噛み締める。何かに意識を逸らしていないと、今にも表情が崩れてしまいそうだった。

「だから、おまえを抱きたいと思ったんだ」

「颯真……」

同じだよ、と梢は言いたかった。

颯真が好きだから、愛し合いたい。触れたいと望んでくれるなら、何もかも委ねたっていい。面倒臭い未来なんか何も考えないで、今だけ溺《おぼ》れてしまいたい。

でも、それは自分たちが普通の恋人同士だった場合だ。嫁探しはもう無理だ、と颯真は言っていたし、それは嘘ではないだろう。けれど、梢が彼と生きると決めた瞬間、一つの未来を奪ってしまう。そんなことが許されるのだろうか。

梢は、怖かった。

誰かの一生を左右する、その鍵を自分に託されたことが。ろくな恋愛経験もなく、たった十八年間の人生しか知らないのに、颯真を幸せにできる自信なんか持てなかった。好きで好きで大事だからこそ、彼の未来にひと欠片の憂いも与えたくなかった。

「やっぱり、おまえは嫌なんだな」

沈黙を続ける梢に、颯真が深い溜め息を漏らした。そうじゃない、と首を振ったが、彼を納得させる言葉は何も思い浮かばない。

「そうか、乱暴して悪かったよ。俺、梢に好かれること何もしてないからな」

「そうじゃないよ……」

「でも、おまえは泣きそうだ。俺が、そうさせたんだろ」

違うんだ、と懸命に首を振り続けた。何の覚悟も固めないまま、想いを伝えようとした行為が浅はかだっただけだ。おまえが雌なら良かった、とさんざん言われていたので、まさか颯真が応えてくれるなんて、少しも期待していなかった。

「俺、家に帰るよ……」

ようやく口にした言葉に、颯真がたちまち顔色を変える。けれど、他の選択肢など梢にはなかった。今のまま同じ屋根の下にいれば、いずれ中途半端な気持ちで颯真を受け入れてしまう。好きな相手から「欲しい」と言われて、いつまでも拒める自信なんかない。

「少し頭を冷やしてみる。それで、ちゃんと考える」

「考える？　何を？」

「全部捨てて、颯真と生きていけるかどうか」

颯真の目が、大きく見開かれた。思いも寄らない一言に、強い衝撃を受けた顔だ。彼は唇を震わせながら「……本当か？」と子どものように尋ねてきた。

「本当だよ。だから、待っていてよ」

土壇場《どたんば》で迷いを見せて、颯真を傷つけるような真似だけはしたくない。そんな思いから、梢が出した結論だった。異種族と添い遂げるなら、もっと強い自分になりたかった。

「俺、チェロからも逃げ出したまんまだろ。いろんなこと、俺なりにケリをつけなきゃいけないと思うんだ。だから、今は帰ることを許してください」

「梢……」

「戻ってきたら、俺を抱いてよ。俺のこと、どこへ攫《さら》っていってもいい」

「…………」

「待っていて」

ゆっくりと起き上がって、丁寧に頭を下げる。

返事はなかったが、白銀の尻尾がおずおずと頬を撫でていった。

5

早朝に梢が出て行ったと聞いて、颯真以外の獣人たちは騒然となった。

「まったくもって意味不明だ。どうして一晩の間に急展開しているんだ？」

「俺……梢さんに、まだ騎士らしいところ見せてないのに……」

「そうまのよめ、いないとやだ！　やだし！」

「だーっ、もううぅっせぇなッ！」

居間に勢揃いした琥珀、玲雄、狐鈴の三人にかれこれ一時間以上責め続けられ、颯真はついに爆発する。誰より傷心なのは自分なのに、誰も慰めないのは理不尽だと思った。

もっとも、下手に優しくされても落ち込むだけだったろう。梢の気持ちを尊重しようと決めたものの、彼が屋敷を出た瞬間から脳内は『後悔』の文字で埋め尽くされている。だが、素直に態度に出せるようなら、最初から失うような羽目にはならなかった。

「ふぅん。でも、追っかけてはいかないんだ？」

「しょうがねぇだろ。本人が戻るって言ったんだから、待つしかねぇじゃねぇか」

「本当に、戻ってくるのかな」

琥珀が意味ありげに嘆息し、自慢の尻尾を颯真の鼻先でゆらゆらさせる。挑発するような仕草は、彼が相手を思い切りバカにしている時の癖だ。

「心労で目の下をクマにするくらいなら、さっさと追えば良かったんだ」

「そうまのくま！　くま！」

「せめて、俺を起こしてくれれば力づくで止めたのに……」

「止めたって、あいつは行ったんだよっ！」

三人三様の罵倒《ばとう》は続き、颯真は再びふて腐れる。和兎はまだ帰宅していなかったが、留守中に梢が出て行ったと聞けばきっとショックを受けるだろう。何しろ、彼だけは梢と気まずくなったままなのだ。

「でも、梢にとってはベストな選択だったかもしれないな」

やや冷静になった琥珀が、ポツリと呟いた。

「俺たちのような異種族と付き合ってないで、普通の生活に帰るなら良いタイミングだ。仲良くなれば情が湧くし、颯真と間違いでも起こしたら一生を台無しにしかねない」

「何言ってんだ！　あいつ、俺と生きる覚悟を決めるって、そう……」

「嘘かもしれない。君から逃げ出したくて、適当な理屈で煙に巻いたのかも」

「梢は、そんな卑怯な奴じゃねぇぞ！」

「ま、野獣と化した颯真が寸止めで耐えたところだけは評価しよう。人間相手に強姦騒ぎなんか起こされた日には、即刻帰ってこいと王様からお達しがくる」

「てめぇ……」

他の者なら瞬時に怖気づく、獰猛な目つきが琥珀を捕える。だが、彼はてんでお構いなしに「反論があるならどうぞ」と涼しい顔だ。剣呑な空気に玲雄は慄《おのの》き、狐鈴もしばらくおとなしくしていたが、突然ピン！　と尻尾を立てるなり大声で叫んだ。

「そうまのよめ！　かえってきた！」

ぱあっと顔を輝かせ、怖ろしい速さで玄関へ駆けていく。まさか、と他の連中も色めきたち、急いで彼の後を追った。だが、飛び出した一同が目にしたのは、蒼白になって荒く息をつく和兎の姿だ。長い耳はそのままに、着衣は乱れ、髪もボサボサで、どこかで喧嘩でもしてきたようなひどい有様だった。

「和兎、昨日からどこ行ってたんだよ！　梢さんが出て行っちゃったんだぞ！」

滅多に声を荒げない玲雄が、誰より先に食ってかかる。しかし、和兎は顔を上げるのもやっという感じで、すぐには答えられなかった。

「おい、聞いてんのかよ！　梢さんが……」

「待って、玲雄。ちょっと様子が変だ。和兎に水、持ってきてあげて」

「く……」

もどかしげに表情を歪め、琥珀に言われるままキッチンへ取って返す。引き返してきた玲雄がコップの水を差し出すと、和兎はひったくるようにしていっきに飲み干した。

「おい、大丈夫かよ……」

最初は怒っていた玲雄も、ただならぬ様子に不安を覚え始める。素の感情を晒すのを嫌い、いつも明るく振る舞っていた和兎が、こんなに取り乱す姿は初めてだった。

「ねーねー、かずと」

他の連中が気後れする中、小さな獣がとことこ近寄っていく。

「かずと、おなかへった？」

「狐鈴……」

「あさごはん、いっしょにたべようよ。きょうは、れおがつくったんだよ」

服の裾を軽く引っ張って、狐鈴が誇らしげに笑った。和兎は面食らったように見返していたが、やがてくしゃりと泣き顔になる。赤い瞳の縁には、みるみる雫が溜まっていった。

「優しいな、狐鈴。和兎のこと、嫌いって言っていたのに」

「ぼく、ゆってないもん」

琥珀の冷やかしに堂々と嘘を吐き、狐鈴は澄まして答える。お蔭で彼らの緊張もいっきに解け、ぎこちなかった空気がようやく緩み出した。

「とにかく中へ入れ。実は梢のことで話が……」

「梢……梢くんが大変なんだ……」

「え？」

聞き間違いかと思うほど、か細い声が和兎から漏れる。思わず琥珀が訊き返そうとした時、弾けるように彼は叫んだ。

「梢くんが大変なんだよ！」

顔を上げた和兎を見て、全員が目を疑った。よく見れば長い耳のあちこちに、大小の傷があったからだ。無惨に毛羽立《けばだ》った部分や、血の滲んだ擦り傷まである。

「おまえ、どうしたんだよ、その傷！」

颯真が、血相を変えて怒鳴る。狐鈴は怯えて口も利けないようだ。玲雄は治療箱を取りにダッシュで駆け出し、琥珀は眉を顰めて和兎の全身を検分した。

「君の傷、梢と関係あるの？」

簡潔な質問に、血の気の失せた顔で和兎が頷く。ぶわっと颯真の尻尾が怒りに逆立ち、低く押し殺した声が「……説明しろ」と唸るように響いた。

「和兎、何があった？　さっさと説明しろっ！」

「梢くんが拉致《らち》されたんだ！」

「な……」

「僕、今朝早くにタクシーで近くまで帰ってきたんだ。そこで、大荷物を持った梢くんと出くわしてさ。今から実家に帰るんだって言うから、てっきり僕のせいかと思って……」

「そんなことはいいっ。拉致したのはどんな奴だ！」

「僕の元セフレが雇った連中だよ！」

「え……」

颯真の剣幕に煽られて、やけくそのように和兎が怒鳴った。

「この前、僕を殴った奴！　あれからも、しつこく僕を追い回してたんだ。だから、別のセフレにちょっと脅してもらったら、絶対仕返ししてやるって捨てゼリフ吐かれてさ。とにかく金だけは持ってる奴だから、チンピラとか雇ったんじゃないかな。梢くんと立ち話をしていたら、すっごくガラの悪い男たちに囲まれて〝窪田《くぼた》さんが待ってる〟って」

「窪田っていうのが、元セフレの名前か。で、証拠はあるの？」

「琥珀……」

「ＤＶで粘着ストーカーな、元セフレの窪田が犯人っていう証拠だよ。そうでなきゃ、警察に訴えても動いてもらえない。運よく取り合ってくれたとしても、こちらの世界で騒ぎを起こしてはいけない、という俺たちの世界のルールを犯すことになる。要するに、全員が予定を繰り上げて強制帰国だ。あらゆるリスクを考えて、行動を決めていかないと」

「そんな……そんなこと言っている場合じゃないだろ……」

あくまで冷静な琥珀に、信じられない、と和兎が唇を震わせる。だが、琥珀はにべもなく「皆の意志を確認したいだけだ」と答えた。

「梢を助けるためなら、それくらいの覚悟はあるのか。大事なことだろう」

「覚悟……」

その一言を聞くなり、和兎は少し黙り込んだ。こちらの世界で問題を起こせば、確かに被る責任は甚大なものになる。一時的な帰国ならまだしも、下手をしたらここにいる面々は全員が二度と行き来を禁じられるかもしれない。

「そうなったら、おまえは二度とお姉さんには会えない。彼女は俺たちの世界を追放された身だから、和兎が会いに来ない限り対面は不可能だ」

「な、何で姉さんの話になるんだよっ」

「意地を張っていても、和兎が人一倍お姉さん子だったのは知っている。俺と玲雄とおまえの三人は、幼馴染みなんだから。和兎、よく考えて答えを出せ」

本気で案じてくれているとわかり、和兎は真っ赤な目を驚きに見開いた。

「おまえ、僕のこと嫌ってるんじゃないの……」

「問題児だとは思っているが、好き嫌いは別だ。そうだろ、玲雄？」

話を振られた玲雄は、やれやれと苦笑交じりに頷く。

「俺は、和兎を嫌いだと思ったことなんかないよ。問題児には同意するけど」

「玲雄……」

「これに懲りて、相手構わずってノリをやめてくれたら嬉しい。あんな、自分を粗末にするような真似をしてる和兎、見ているとハラハラするもんな」

「……と、いうわけだ。和兎、時間がない。早く答えを出せ」

覚悟の有無を迫られて、和兎は再び唇を引き結んだ。

自分に向けられる皆の目を、彼はゆっくりと見つめ返していく。無邪気であどけない狐鈴の瞳が、別人のような力強さで決意を促していた。今すぐ走り出したい衝動を必死で堪える颯真の姿も、唯我独尊《ゆいがどくそん》で暴走気味だったこれまでとは違っている。

みんな、知らないところで少しずつ成長しているのだ。

梢と暮らした数ヶ月の日々が、愛おしくて大事である何よりの証《あかし》だった。

「僕は……」

和兎は、ぐいっと乱暴に涙を拭った。そう、泣いている場合ではない。

「僕は、梢くんを助けたい。だって、僕の身代わりに攫われたようなものだもの。僕、実家へ帰ろうとした彼を呼び止めて、しばらく立ち話をしていたんだ。ちゃんと梢くんと仲直りしていなかったから、〝帰らないで〟って粘ってさ」

「……うん」

「そうしたら、道の脇に停まっていた車から何人か男が出てきたんだ。朝帰りの僕をどこかで捕まえようとして、後をつけていたみたい。だけど、僕が引き止めたせいで梢くんがなかなか立ち去らなかったから、業《ごう》を煮やしたんだろうな。囲んだ後は問答無用で、僕たちを二人とも車へ引きずり込もうとしたんだよ」

ガン！　と鈍い音がして、一同がびくっと身を固くする。見れば、颯真が壁を力任せに蹴っていた。凄まじい怒りに尻尾の毛は逆立ち、耳がぺたりと後ろへ倒れている。燃え上がる憤怒のオーラに包まれた、白銀の人狼に全員が息を呑んだ。

「……さっさと続きを話せ、和兎」

「う……うん」

颯真にジロリと睨まれて、和兎の耳が緊張に震えた。

「僕、びっくりしてさ。パニックになったせいで、擬態が解けちゃったんだ。でも、そのお蔭で男たちは一瞬怯んだから、その隙を衝《つ》いて逃れることができた。だけど、梢くんを助けようとしたら〝いいから走って！〟って怒鳴られて……」

「まぁ、あの子なら言いそうだね」

琥珀の漏らした言葉に、そうだな、と玲雄が大きく同意する。

「俺、梢さんのそういうところ好きだ。細くて小柄だし、見た目は優しげな感じだけどお兄ちゃん気質っていうか。だから、きっと和兎が逃げてホッとしてると思う」

「僕は、もちろん迷ったんだよ。けど、一人で敵う人数じゃなかったし、二人で捕まるなら皆に助けを求めた方がいいって思って……」

誰も――颯真ですら、和兎を責めはしなかった。

あの場に誰がいたとしても、そうするより他にないとわかっているからだ。擬態の解けた姿を見られた以上、最悪の事態を想定しなくてはならない。こちらの世界で晒し者になれば、事は自分だけの問題では済まなかった。

「かずと、だいじょぶ？」

治療の手伝いをしようと、ガーゼや包帯を両手に抱えた狐鈴が大きな目を潤ませる。逃げたとはいえ、これだけ傷を負ったからには追手と多少でもやり合ったのは明白だ。大丈夫だよ、と頭を撫でてやってから、和兎はすぐに話の続きに戻った。

「目的は僕だったけど、目撃された以上梢くんを連れて行ったのは間違いないと思う。だから、助けに行きたいんだ。琥珀が言ったように、リスクは覚悟している。姉さんのことは、皆も気にしないで。彼女のことと、梢くんは別だ」

「くそが……」

地鳴りのように低く呻いて、颯真が深々と息を吐く。

ぎらぎらした獰猛な目が、我慢も限界だと訴えていた。

「和兎、連れ去られた場所に心当たりはねぇのか？　今すぐ梢を助けに行く」

「――多分、Kホテルの最上階スイートだと思う。常宿なんだ、彼の。ただ、携帯電話を返しちゃったから、確認の取りようがないけど」

「まさか、ひどい目に遭ってるってことはねぇだろうな。その……いろいろと」

「強姦されたり、暴力をふるわれたりする可能性は？」

「おいっ！」

はっきり言えない颯真とは違い、ズバリと琥珀が問いかけた。わからない、と和兎は力無く首を振り、あくまでも標的は僕だから、と私見を付け加える。

「窪田は、本物の犯罪者になる度胸はないと思う。ただ、僕の耳のことを男たちから聞いたら、梢くんを問い詰めるかもしれないな。その時に何をされるかは……」

「バカだな、和兎。拉致監禁で、窪田はすでに立派な犯罪者だ」

「あ、それもそうか。でも、それなら自棄《やけ》を起こさなきゃいいけど」

「ああもう！　ちんたらしゃべってる場合じゃねぇ！」

大きく咆哮を上げ、颯真は凶暴な本質を露わにした。

「俺は、梢を奪回しにいく。邪魔する野郎は、片っ端からぶっ殺してやる」

「ちょ、ちょっと待てよ、颯真！」

「ああ？」

言うなり踵を返しかけた颯真は、引き止める玲雄に鋭い一瞥を投げる。普段なら恐怖で尻尾をきゅっと細くさせるところだが、今日の玲雄は違っていた。

「俺も一緒に行く。行って、梢さんを救いだす」

「おまえが？」

嘘だろ、と片眉を顰め、胡散《うさん》臭げに問い返す。

「おまえが頼りになんのかよ。臆病で引きこもりの獅子族が無理すんな」

「……なるよ」

きつい言葉にぐっと詰まったものの、玲雄はすぐさま顔を上げた。真っ直ぐに颯真を見返す表情には、揺るぎない決意が満ちている。

「確かに、俺は不甲斐ない騎士だ。でも、王族を守る一族としての誇りはある。梢さんは俺の主じゃないけど、俺にとても良くしてくれた。俺、梢さんが好きだよ。友達の危機なんだから、助けに行くのは当たり前だよ」

「おまえ……」

「素早さでは敵わなくても、俺には颯真より腕力がある。ドアを壊すのだって、人を投げ飛ばすのだって朝飯前だ。連れて行けば、絶対に役に立つ」

「へぇ、玲雄のやる気なんて初めて見たな。狐鈴より重いもの、持ったことあるの?」

感心する琥珀に、玲雄は自信満々で頷いた。

「あるよ。和兎のお供でチェロを運ばされただろ。まぁ、あんなの十キロ程度だから、重い内には入らないけど。もしケースの中身が人間だったとしても楽勝だよ」

「そうだね。普通の人間には無理だけど、俺ならきっと入れるよ。猫は、狭い場所に潜り込むのは得意中の得意だから。身体の柔らかさが段違いなところを見せてあげる」

「琥珀……?」

意味ありげな呟きに、玲雄と颯真が揃って怪訝そうな顔をする。琥珀は勝ち誇ったような微笑を浮かべ、美しい尻尾を優雅にくるんと回してみせた。

「何度も言ってるけど、人間は猫が大好きなんだよ。和兎には悪いけど、人を誑《たぶら》かすのに長けているのは兎じゃない。猫だ」

「や、それは好き好きだろ……」

「玲雄、俺を楽器ケースに隠して運んで。現場で連中の注意を惹くくらいの芸当は、簡単にできるから。大丈夫、一瞬でメロメロにしてやるよ」

「俺の意見は無視かよ」

むうっと颯真が毒づく隣で、それまで項垂れていた和兎がすっくと立ち上がる。

「ちょっと、今さりげなく僕をディスったよね？　琥珀、おまえの性悪さはいついかなる場面でも発揮されるんだな。むかつく。超むかつく！」

「だって、本当のことだろう。君の特技なんて、逃げ足が速いだけじゃないか」

「僕は逃げたりしないよ！　皆と一緒に、梢くんを救出しに行くつもりなんだから！」

「へぇ？」

「さっきから、そう言ってるじゃないか！　大体、道案内はどうするのさ。引きこもりのライオンと猫、先導が暴走狼じゃ目的地にまともに辿りつけるかわかんないだろ。でも、僕なら窪田だって願ってもないと歓迎する。ついでに、チェロを返しにきたと言えば楽器ケース持参でも不自然じゃないし。どう、僕がいなけりゃ始まらないだろ！」

「じゃあ、これで全員の役割は決まりだな」

まんまと和兎を乗せ、琥珀があくどくニヤリと笑った。しまった、と狼狽したものの、和兎もすぐに不敵な笑みを返す。もとより、梢を助けに行くことに異論はなかった。

「行くよ、僕も。梢くんのためだもん」

和兎は改めて言い直し、不意に真面目な口調になった。

「梢くん、僕の巻き添えになっただけなのに、必死で僕に逃げろって言ってくれたんだ。勝手にチェロを押し付けて、思い通りにならないからって拗ねたりしたのにさ。だけど、全然責めないんだ。僕が呼び止めた時も、〝いつか、何のわだかまりもなくなったら弾いてみるよ〟って、それだけ言いたかったから、会えて良かったって……」

「…………」

「大体、どうして急に帰ることになったのさ。まだ期日は残っていたんじゃないの？」

「それは……」

玲雄が説明しかけたが、琥珀に視線で止められた。しかし、ちらりと颯真を見たことで色恋番長の和兎にはあらかたの察しがついたようだ。心底呆れた様子で溜め息をつくと、居心地が悪そうにしている颯真へ詰め寄った。

「まだ、くだらない嫁探しとやらを続ける気なの？　いい加減、梢くんをここに連れてきた本心を認めたらどうだよ。赤ちゃんの彼に一目惚れ……じゃない、一嗅ぎ惚れしたんでしょ？　良い匂いって颯真はくり返したけど、梢の匂いに僕は欲情しなかったもん」

「う、うるせぇな」

「大体、毎日ナンパに出かけて一人も引っかからないなら諦めるべきだよ。颯真、見た目はいいのにさ、狼族の雌にだってモテなかったわけないじゃん。それなのに、わざわざ障害の多い人間にこだわること自体……」

「和兎、そうじゃない。颯真は、嫁探しに外出していたんじゃないんだ」

冷静に割って入る琥珀を、「どういうこと？」と振り返る。颯真は一瞬だけ焦る素振りを見せたが、今更ごまかしても無駄だと悟ったのかプイと横を向いてしまった。

「和兎、いいことを教えてやる。こっちの世界で人間と恋に落ちて、それきり消息不明になったおまえの姉——颯真は、彼女を探していたんだよ」

「え……」

予想もしなかった事実に、和兎は放心したまま立ち尽くす。

いくら何でも、そんなことはありえない。自分は特別颯真と仲が良くはないし、狐鈴のお守りで館に同居するようになるまで、まともに口さえ利いたことがなかったのだ。

「誤解すんな。別にてめぇのためじゃねぇよ」

「颯真……」

「人間と添い遂げるって、どういうもんなのか訊いてみたかっただけだ。種族も寿命も違うのに、本当に幸せになれんのかって」

「…………」

「あ、言っとくが答えはてめぇ自身で訊けよ？　俺は、もういいんだ。梢の決断を信じて待つことにした。その先に何が待っていても、一人で結論を出そうとは思わない」

それは、すでに梢と一緒に生きていくと宣言しているも同然だ。

あまりに堂々と惚気られ、和兎はすっかり毒気が抜けてしまったようだ。包帯を巻かれた耳がしょぼんと折れ、複雑な感情がぐるぐると内面を駆け巡る。

自分勝手な恋をして、家族はおろか兎一族の次期当主としての責任さえ捨てた姉のことなど、記憶から抹殺しようと思っていた。彼女がどんな思いで恋をして、どれほどの覚悟で全てを投げ打ったのか、そんなこと知ろうとも思わなかった。

「僕は……」

「ねーねー、もうしゅっぱつしなきゃ。そうまのよめ、たすけにいくんでしょ！」

しんみりしかけた空気を、狐鈴の張り切った声が引っ繰り返す。そうだった、と全員がハッと気を引き締めた。今やるべきことは、梢を無事に取り返すことだ。

「よし。じゃあ、狐鈴も一緒に行くか」

「うん！」

玲雄に抱き上げられ、小さな身体に精一杯の威厳をもたせて狐鈴が指揮を執った。

「これより、そうまのよめだっかいさくせんをかいしする！」


シティホテルのスイートルームなんて、生まれて初めて経験した。

（広いリビングに豪華な家具。カウンターバーと簡易キッチンがあって、バスルームは二つかあ。ベッドはキングサイズ、極上の羽毛布団に窓の向こうは摩天楼……）

昼間なのは残念だが、夜になればさぞかし夜景が見事なんだろう。ふかふかのソファに座らされ、目つきの悪い男たちに囲まれた梢は呑気《のんき》にそんなことを考える。

（和兎さんは、どうしたかな。怪我していたようだし、心配だな）

見張りがいるので拘束は解かれていたが、どうやら逃がしてはもらえなさそうだ。まさか、人質として和兎をおびきだそうとでも思っているのだろうか。連中の会話から主犯は和兎の元カレらしいと察しがついたが、別れ話が拗れたからって拉致監禁までやってしまうなんてかなり常軌を逸していた。

「こちらの勝手だろう。金の使い道に、ちょうど困っていたところなんだ」

寝室から出てきたスーツ姿の男が、憮然とした面持ちで言う。三十前後の優男で、背は高いが若干猫背なのが惜しかった。顔はまぁまぁ悪くないが、「金の使い道」なんて言葉を普通に口にする程度には俗物っぽい。正直、和兎は趣味が悪いな、と思った。

「あの……」

「ふん。君の顔に書いてあるよ。〝こんなバカバカしいこと、よくやるな〟って。まぁね、自分でもそう思う。でも、和兎は気まぐれで一度愛想を尽かされるとなかなか捕まらないからな。人を使って無理やり連れてこないと、話だってまともにできやしない」

「言っときますけど、あなたがやろうとしたことは誘拐ですよ。強引に車に乗せて連れ去ろうとするなんて犯罪です。痴情のもつれ、なんて言い訳は裁判で通用しませんよ」

「それは、君が大袈裟に騒ぐからじゃないか」

犯罪者呼ばわりされたせいで、相手は心もち気色ばんだ。恐らく、彼自身も引っ込みがつかなくなっているのだろう。けれど、チンピラまで雇って拉致行為に及んだ以上、はい和兎じゃなかったから解散、なんてわけにもいかず困惑しているようだ。

「でも、驚いたな。君を攫ってきた連中から携帯の画像を見せてもらったが、和兎の耳、あれはどうなっているんだ？　初めはバニーの真似事でもしているのかと思ったが、聞いたところによると目の前でいきなり生えたって言うし」

「………」

「引っ張ったら痛がるわ、目は赤く変色するわで、薄気味悪かったと言っていたぞ。どう考えても、普通のコスプレとは違うってな」

「……気のせいじゃないですか」

「とぼけるってことは、君は知っていたんだな。なぁ、教えてくれ。一体、どんなトリックを使ったんだ？　それとも、本当に和兎に兎の耳が生えたのか？」

「知りません！」

　相手も半信半疑な様子だし、しらを切り通せばごまかせるかもしれない。そう思って強気で突っ撥ねてみたが、逆に興味を煽ってしまったらしい。余程天邪鬼《あまのじゃく》な性格なのか、嫌な感じに笑みを浮かべると「まぁいいさ」とうそぶいた。

「それなら、直接本人に訊くとするよ」

「え？」

「ちょうど、フロントから連絡があったんだ。和兎が、訪ねてきたそうだ。俺のカードで買ったチェロを返しに来た、だとさ。そんなもん、店に返品すりゃいいのに。どうせチェロを口実に、俺と交渉しようとしているんだろう。何しろ、君が手元にいるからね。解放の交換条件は……そうだな、もう一度兎になってもらおうかな。今度は服を脱いでもらって、身体の隅々まで調べてみたいよ。そうそう、尻尾があるのかも確認しなきゃ。俺が今まで寝ていたのは、兎なのか人間なのかはっきりさせてやる」

「やめろ……」

「兎だったら、ちょっと気持ち悪いな。動物とセックスしていたなんて……」

「やめろッ！」

カッと頭に血が上り、梢は立ち上がろうとした。けれど、すかさず見張りの男が肩を摑み、力づくで押し戻される。嫌悪に歪んだ瞳を向けても、周囲の連中には非力さを鼻で笑われるばかりだった。

（くそ……くそっ）

悔しさに歯嚙みしながら、何とか和兎を守れないか必死で考える。

無力な己が恨めしく、こんな時に自分も狼や獅子の獣人だったらと益体《やくたい》もないことまで思った。和兎が館の連中に救いを求めたのなら、彼だけでなく仲間もホテルに来ているのに違いない。もし乗り込んで来たら争いは避けられないし、怪我をしたり、あるいは擬態が解けたら大騒ぎになるのは必至だ。

（颯真……颯真も一緒なのかな……）

来てほしい。

でも、来てほしくない。

相反する感情が嵐のようにぶつかり、梢を追い詰めていく。自分のせいで彼らを危険に晒してしまうなんて、情けないにも程があった。もし、この事件がきっかけで世間に獣人の存在が知られてしまったら、彼らは二度とこちらの世界には来られなくなるだろう。そうしたら、もう永遠に会えないのだ。

（嫌だ……颯真に会えなくなるなんて、そんなの嫌だ……）

我ながら矛盾していると思う。あの館を出た時に、自分の気持ちが固まるまで当分は会わないと決めていたのだから。今更それを後悔しても、時間はもう巻き戻せない。

（せっかく、逃げないって決めたのに）

どうせ会えなくなるなら、運命が許してくれる最後の瞬間まで一緒にいたかった。一族の未来よりも自分を選んでほしいと、勇気を出して踏み込めば良かったのだ。

ピンポーン
梢が後悔に苛《さいな》まれている時、ドアチャイムがゆっくりと鳴り響いた。

「来たか」

ニヤニヤと男が呟き、屈強な男二人にドアを開けろと命令する。雇われたチンピラは部屋にいるだけで五人おり、体格は様々だがいずれも喧嘩慣れをしていそうだった。

「――こんにちは、窪田さん」

和兎の声だ。梢は俄《にわ》かに緊張を高めながら、部屋へ入ってくる彼を見つめる。チンピラに囲まれながら現れた和兎は、当然だが普通に人の姿に戻っていた。おまけに、一人ではなく玲雄を連れている。チェロの楽器ケースを提げた玲雄に、窪田と呼ばれた男は不機嫌そうな声を出した。

「連れの男は何だ？　新しい恋人か？」

「荷物持ちだよ。僕が、こんな重たい物を自分で持つわけないだろ」

刺々しい口調で答えると、男たちが玲雄から楽器ケースを乱暴に奪い取る。予想より重量があったのかやや面食らった様子だったが、玲雄の方はけろりとしたものだった。

「玲雄、もういいよ。外で待ってて」

玲雄は軽く頷き、チンピラたちを値踏みするようにぐるりと見回す。全員が二十代から三十代の、どこぞの暴力団の末端構成員、といったただらしない格好をした奴ばかりだ。最後にちらりと梢と目が合ったが、窪田に憚ったのかすぐに逸らされてしまった。

（迷惑かけてごめん、って言いたかったけど……）

部屋を出て行く玲雄を見送り、落胆する気持ちをごまかそうとする。来てほしくないと思ったくせに、どこかで颯真が飛び込んでくることを期待した自分が恥ずかしかった。でも、やっぱり映画のような展開が現実に起こるわけがない。

「一応、中を確認して。一度も演奏してない新品だし、傷がついていたら困るから」

「面倒だな。こんな物を返されたって、こっちも迷惑なんだよ」

和兎たちの交わす寒々しい会話に、梢は（まずい）と慌てて意識を戻した。

そうだった。今は、個人的感情で落ち込んでいる場合じゃない。このままでは、和兎の危機だ。外に玲雄がいるとはいえ、彼は心優しき獅子で喧嘩どころか自分の意志をはっきり言うことさえ稀だし、大人数を相手に大立ち回りなんか無理に決まっていた。

（どうしよう……こいつらが、和兎さんを素直に帰すわけがない）

何とか隙を衝いて、突破口を開かなくては。

梢は必死で考えを巡らせたが、焦るばかりで何も浮かばなかった。けれど、このままでは自分が捕まったせいで和兎が見世物にされてしまう。それだけは絶対に避けたかった。

「あ、あの！」

切羽詰まった梢が口を開くのと同時に、窪田が楽器ケースを開ける。だが、次の瞬間、窪田は「え……」と絶句した。

「おはようございます」

さながら百年の眠りから目覚めた美姫のごとく、滑らかな仕草で一人の青年がゆらりと起き上がった。高貴な顔立ちに、扇情《せんじよう》をかきたてる眼差し。漆黒の髪と瞳が、現実離れした美貌を神秘的に引き立てている。黒のリボンタイに上品なスーツ姿の彼は、しなやかな身体を心地好さげに伸ばすと、自分に見惚れる男たちへにっこり微笑みかけた。

「ありがとう。やっと解放されました」

「え……あ……」

「いや、俺たちぁ何も……」

誰も彼もが琥珀に見惚れ、魔法にかかったように釘付けになる。しかし、そうなるのも納得の美しさだった。見慣れているはずの梢でさえ、瞬きするのが惜しくなる。

「こ……はくさん……?」

「梢くん、早く立って。逃げるよ!」

呆然としている間に和兎が近づき、早口で囁いてくる。

「まったく、どいつもこいつも気に入らないな。猫好きは天敵だ」

「え、あの、和兎さん。これって、どういう……」

「何をコソコソしている?」

我に返った窪田が、いち早く見咎めてこちらへツカツカ近づいてきた。和兎が素早く間に立ち塞がり、梢を庇うように両手を広げる。

「和兎さん!」

「いいから、梢くんは早く逃げて!」

二人のやり取りに、他の連中も現実を取り戻したようだ。しかし、琥珀が奪った数十秒は形勢逆転に充分だった。彼らが動くより先にドアが蹴破られ、玲雄と颯真が怒声を上げて勢いよく殴り込んでくる。

「タイミングばっちり!」

「わわっ」

和兎が梢の手首を摑み、こちらへ突進する颯真に突き出した。倒れ込む梢を受け止めるなり、颯真が思い切り抱き締めてくる。「無事か」と問われた途端、身体が熱くなり、梢も無我夢中で彼にしがみついた。

「これで、梢を人質に取られる心配はなくなったね」

あっという間に笑顔を引っ込め、無愛想に琥珀が立ち上がる。玲雄の高らかな咆哮が室内に響き渡り、見事な動きで男たちを倒していった。隙の無い身のこなしから繰り出されるパンチが、気持ちいいほど決まっていく。伊達に騎士として訓練を受けてない、と思わず感心してしまうほど、玲雄の攻撃には無駄がなかった。

「すっごー……玲雄一人で、ほとんど倒しちゃったよ。やっぱり武人なんだなぁ」

「な……な……」

誇らしげに呟く和兎とは対照的に、窪田は動揺の色を隠せない。身の危険を感じたのか慌てて踵を返すと、寝室へ逃げ込もうとした。そうはさせじと颯真が踏み出しかけた先に、大男二人が立ちはだかる。彼らは不意の乱入者に血を滾らせ、叩きのめしてやろうと好戦的な笑みを浮かべていた。

——が。

「どけッ！」

空気をびりびり震わせて、颯真が凄まじい声で吼える。たけり狂う瞳は、視線だけで相手を殺しかねなかった。圧倒的な力の差に、男たちは瞬時に戦意を喪失する。へなへなと腰を抜かす姿は見物だったが、あまりの迫力に梢まで意識が飛びかけ、がしっと脇に抱え直される始末だった。

「こっちは大丈夫だ！　行け、颯真！」

他の連中を残らず片づけ、玲雄が凜々しく声をかける。

颯真は軽く頷くと、梢の肩を抱いたまま寝室へ飛び込んでいった。

「てめぇ……よくも……」

「ひぃ……ッ」

部屋の隅で震えていた窪田が、真っ青になって狼狽する。だが、どんなに哀れに見えようと、颯真は少しも感情を動かさないようだ。それは、梢が彼にしがみついた時に左手の甲の切り傷を見られたせいだった。拉致される際、抵抗したせいで出来た傷だが、彼を逆上させるには充分だったらしい。

「てめぇ……」

ざわっと空気が変わり、梢は鳥肌をたてる。

燃え上がる白銀の怒りが、颯真の全身を包んでいるのがわかった。

「よくも、俺の……」

ピン、と三角耳が、髪の毛から顔を出す。

「俺の嫁に何してくれてんだ、コラァッ！」

怒号と同時に、ぶわっと尻尾が膨らんだ。光を含んだそれは息を呑むほど神々しく、あまりの眩しさに梢は思わず目を細める。

「ひ、ひ、ひィ……」

ひと睨みされただけで、窪田は全ての力を吸い取られてしまったようだ。がくがくと全身を恐怖に震わせ、声すらまともに出せないままだらしなく失神した。

「颯真、ダメだよ！　こんなところで耳と尻尾出しちゃ！」

「怒んねぇのか」

「何が？」

「おまえが決心する前に、〝俺の嫁〟って言っちまった」

この期《ご》に及んで、真っ先に言うことがそれ？

うっかり力が抜けそうになったが、梢は何とか持ちこたえる。それに、どのみち心はもう決まっていた。会えなくなる、という可能性が現実味を帯びた時、屋敷を出たことをどれほど後悔しただろう。あんな思いをするのは、もう二度とご免だ。

「怒らないよ」

口から自然と出たのは、その一言だった。

「颯真が、本気で攫ってくれるならね」

「梢……」

正直、『嫁』という呼び方には抵抗がある。けれど、颯真が唯一無二の大事な人、と思って呼んでくれるなら、この際もう何でも構わなかった。

「そうまのよめが、ほんもののよめになった！」

廊下で待たされていた狐鈴が、頃合いを見計らってひょこっと顔を出す。彼の一言に獣人の面々は毒気を抜かれたような顔になり、やがて明るく笑い出したのだった。


桜の樹が、一斉に蕾《つぼみ》をつけた頃。

日に日に濃厚になる春の気配とは裏腹に、仕方ないよな、と玲雄が暗い顔で呟いた。

「うん……仕方ないね」

頷く琥珀を始めとする他の獣人も、居間に集ってしょんぼりとしている。何か気の利いたことを言って皆を元気づけねば、と梢は懸命に考えたが、自分も彼らと気持ちは同じなのでどうしても明るくはできなかった。

「まぁ、一流ホテルのスイートで大暴れしたわけだしなぁ。窪田ってヤローが持てるコネと金を駆使しまくったお蔭で、ひとまず警察沙汰《ざた》は逃れたけど……」

「あいつ、Kホテル出禁になったんだよ。いい気味だ」

ざまあみろと、から元気の和兎が勝ち誇る。己の犯罪が明るみに出るのを怖れ、窪田は一件落着してから彼に土下座して許しを乞《こ》うてきたらしい。

「俺たちについては、他言無用ってことで話はついたんだな？」

「心配ないって、琥珀。画像は全て消去したし、あの場にいた奴らの言葉を信じる人間なんか皆無だよ。もし耳を貸すものがいても、人狼と兎人間が来ました、なんて突拍子がなさすぎる。そもそも、自分たちの悪事を告白しなきゃならないんだから」

「そこまで解決していても、やっぱり帰らなきゃ仕方ないのかぁ」

玲雄の言葉で振り出しに戻り、またもや全員が沈痛な面持ちとなった。

三月末までの予定で滞在していた彼らだが、危惧していた通り、今回の騒動が原因で即刻帰るようにと現国王、狐鈴の父親から命令が下った。そんなわけで、いよいよ数日後には屋敷を引き払う予定になっている。たった数週間の繰り上げとはいえ、やはりそれぞれ思い残したことは多かった。

もっとも、それを言うなら颯真は最たるものだろう。

皮肉なことに、梢の奪回と両想いが確定した直後の帰国命令だ。いくら孤高の狼族であろうと住む世界のルールを大きく逸脱するわけにはいかず、お達しが来てからの荒れようときたらなかなか凄かった。

「そういえば、颯真は出かけてるの？　せっかく梢くんが来てるのに」

「あ……ええと、その……」

けしからん、と憤慨する和兎に、恐縮しつつ梢は答える。

「今日は、俺のばあちゃんと二人でお墓参りに行ってます。その……じいちゃんの」

「おじいさんって、悠太郎さんの？」

「俺も行こうかって言ったんだけど、二人でじいちゃんの思い出話をしたいからって。ばあちゃんにも、冥途《めいど》の土産に若い男とデートさせろって言われちゃって」

「若いって言うけど、あいつ梢のおばあさんよりずっと年上だぞ」

琥珀が身も蓋もないことを言ったが、そこはツッコまない約束だ。苦笑いでごまかしつつ、梢は久々に皆のために焼いた苺のクグロフを切り分けた。湯気と一緒に甘酸っぱい香りが立ち上り、しばし憂いを吹き飛ばす。けれど、こうして腕を振るえるのも今日が最後かもしれないと思うと少しだけ切なかった。

ホテルでの騒動後、一度は屋敷へ戻った梢だったが、話し合った末に結局は実家へ帰ることになった。もちろん皆に会いにたびたび顔は出していたし、颯真に会うのも目的の一つだったが、絆のできた琥珀たちと語らうのも大きな楽しみなのだ。今日は皆へのお別れと、無事に卒業式を終えた報告を兼ねて遊びに来ていたのだった。

「俺、ちょっと嬉しいです。皆、好きでこっちの世界にいるわけじゃない、とか言っていたのに、いつの間にか離れがたい気持ちになってくれて」

「そりゃまぁ、いろいろあったしさ」

梢の淹れた紅茶とケーキの皿を受け取りながら、和兎が柄にもなくしんみりと答える。

「でも、桜が満開になる時期までいたかったな。お花見とかしたかった」

「和兎さん……」

「姉さんが、よく話して聞かせてくれたんだ。満開の桜は凄く幻想的で見ているだけで胸がぎゅーっとなるのよ、って。ま、それが高じて一年おきにこっちへ遊びに来ている内に、好きな男ができちゃったんだけどさ。でも、今でも姉さんは楽しみにしていると思うんだ。案外、花見に行けばバッタリ会えたりするかもな」

「そういえば、颯真からお姉さんの居場所は聞いてないんですか？」

「……そのうち、気が向いたらね。まだ、どんな顔して会っていいかわかんないし。幸せにやっているようなら、それでいいんだ。帰国命令は出たけど、幸いこっちへの出入り禁止にはならなかったから、また来ればいいかなって」

——そうなのだ。

一番恐れていた事態にはならず、そこだけは梢も胸を撫で下ろしていた。もし、颯真が二度とこちらの世界に来られないとなったら、今すぐ彼についていくしかない。いくら覚悟を決めたとはいえ、まだ祖母や母親への孝行もしていないのに、と思うとさすがにその選択は辛かった。甘い考えかもしれないが、できればきちんと颯真の話をして、彼女たちの理解を得たいと思っている。

「だが、もう腹は括ったんだろう？」

遠慮のない琥珀が、真っ直ぐに問いかけてきた。

梢はしっかりと頷き、颯真とも何度も話し合った、と答える。生きる時間の流れが違うからといって、繋いだ手を離すことはもうできなかった。

「だから、俺、再来年まで待ちます。次に颯真がこっちへ来られるのは、その頃になってしまうから。二年待つ間に、自分のできることはしようと思ってるんです。それに、人間の俺が颯真の世界で受け入れられるのは、まだまだ難しいって聞いているし」

「じゃあ、遠距離恋愛だ」

「そうなりますね。颯真も、戻ったら仲間に俺のことを話すって。そんなこんなで、きっと二年なんてあっという間だと思います。むしろ、準備には足らないくらいじゃ……」

「ぼく、かえりたくないいな」

口の周りにケーキの欠片をくっつけて、狐鈴が今にも泣きそうな顔をする。

「もっと、そうまのほんとのよめや、みんなとここにいたい」

「それを言うなら、僕だって同じだよ。せっかく、梢くんとも仲直りできたのにさ」

これから、楽しいことも悪いことも一緒に楽しめるところなのに。和兎らしい物言いに苦笑し、再来年には二十歳だからアルコールに付き合えますよ、と答えた。

「梢は平気なのか？　連絡も取れないし、普通の遠距離恋愛とは違うぞ？」

「琥珀さん……」

「颯真は何を考えているんだ。互いの気持ちを確かめ合ったばかりで、まだ育む段階にもないのに離ればなれになるなんて。本当に、それで大丈夫と言えるのか」

我が事のように腹立たしげな琥珀だが、尻尾の揺れも今日は少し不安定だ。

「そりゃあ、俺だって本当は嫌ですよ。でも……」

「でも？」

「颯真は、俺を選んだことで捨てなきゃいけないものがあるんです。一族の未来を率先して作っていく、そのための嫁探しが無駄になってしまったんだから。その問題に必ずケリをつける、だから待っていてほしいって言われたら反対できないですよ」

それは、半分本音で半分は嘘だった。

誰だって、恋人と好き好んで離れたい奴などいない。まして梢はまだ十八歳で、颯真は初恋にも近い相手だった。軽い付き合い程度のＧＦなら過去にもいたが、生涯をかけてと思えるような恋は初めてなのだ。

けれど、だからこそ別離も耐えようと思った。颯真が待てと言うなら、何年でも待つしかない。彼の人生を左右する、大きな選択をさせた責任は持ちたかった。

「そうまのほんとのよめ、またあえるよね？」

長くなった名称に苦笑しながら、狐鈴の手を取って「うん」と答える。立派な王様になるんだよ、と言ったら、恥ずかしがって自分の尻尾に顔を埋めてしまった。

「梢さん、美味いメシをありがとう。あと、俺、引きこもりは卒業したから。ずっと獅子族の自分にコンプレックスを抱いていたけど、今回の騒動で吹っ切れた。やるときゃやるんだ、って自分をちょっと好きになれたよ。だから、今度会う時にはあちこち一緒に出かけられるといいな。あ、颯真が妬かない程度に、な?」

「玲雄こそ、助けてくれて本当にありがとう。颯真には内緒だけど、凄くカッコ良かったよ。一人で複数のチンピラと殴り合って無傷とか、さすが騎士の一族だよな」

「……へへ」

照れ臭そうに笑う玲雄は、もう気弱なライオンなんかではない。次に会ったら、きっと見惚れるほどタフで立派な青年に成長しているだろう。

「――梢」

琥珀が、ちょいちょい、と服を引っ張って己に注目させる。無愛想で無表情なのは変わらないが、実はふとした仕草でずいぶん感情表現をしていることに以前から気がついていた。琥珀さんはそのまま綺麗でいてください、と言ったら、尻尾がしなやかに腕を叩いていく。満更でもないんだな、と梢もつられて微笑んだ。

「何か、今日で永遠のお別れみたいじゃん。ああもう、やだやだ」

「和兎さん……」

軽口を叩く彼の瞳は、赤く潤んでいて綺麗な飴のようだった。そう、確かに別れの時は近づいている。本当の最後の日はさらっと昨日の続きのように見送りたかったので、今ここできちんと伝えるべき言葉は全て口にしようと思った。

「和兎さん、俺、チェロの勉強をまたやろうと思います」

「え……？」

「ありがとう。あなたのお蔭で、もう一度チェロと向き合うきっかけができました。今年一年、バイトしながらレッスンに励みます。少しブランク空いたから、死にもの狂いで取り組まないと音大なんか狙えないと思うけど、師事している先生も力になるって言ってくれました。奨学金が貰えれば何とか通えないことはないと思うし、本気で頑張ってみます。だから——次に会う時は、俺のチェロ聴いてくれますか？」

「梢……くん……」

「俺、心の底では嬉しかった。和兎さんが俺のチェロ、聴いてみたいって言ってくれて。困ったなって思う反面、やっぱり嬉しかったんです」

「こずえ〜……っ」

初めて梢を呼び捨てにし、和兎が泣きながらしがみついてきた。つられて狐鈴が「わああん」と手放しで泣き始め、鼻水を啜《すす》りながら玲雄が一生懸命に二人を宥《なだ》める。琥珀は一人離れた場所で、無言のまま尻尾の手入れをしていた。

「忘れんなよ、俺たちのこと。絶対、また戻ってくるから。皆で戻ってくるから」

「……うん」

堪えていた涙が、最後の一言でとうとう零れ落ちる。

こうして、梢と獣人たちの不思議な同居生活は賑やかに幕を下ろしたのだった。


「――で？」

同じ日の夜。

颯真の部屋で梢が皆とのやり取りを話したところ、彼からの第一声がこれだった。あからさまに面白くなさそうなのは、「和兎がしがみついた」の個所だ。颯真は豊かな尻尾でばふばふベッドを叩きながら、拗ねた目つきで梢を睨みつけた。

「面白くねぇな。俺が帰るのは夜なんだから、おまえも夜に来い」

「それじゃ、他の人と話せないじゃないか。颯真、すぐに部屋へ行こうとするし」

「当たり前だろ。ちょっとでも二人きりがいいんだから」

「…………」

真顔で言われただけに、破壊力は抜群だ。真っ赤になった梢は何を言いたかったのかわからなくなり、呼ばれるままに颯真の側へ歩み寄った。

屋敷に来る時は皆に「泊まっていけ」と言われるのだが、実は実家に帰ってから梢が泊まるのは今夜が初めてだ。颯真が祖母と夕食を食べて帰ると連絡をしてきたので、会わずに帰るのは残念だったからだが——もちろん、理由はそれだけではない。

「ほら、来いよ」

ゆっくり近づく梢に痺れを切らしたのか、手首を摑んで引き寄せられた。ベッドに腰かけていた颯真に背中を預ける格好で、梢はすっぽりと彼の腕の中に収まってしまう。

「良い匂いだな」

くんくんとうなじを嗅がれ、くすぐったさに閉口する。二言目には同じセリフを吐かれるが、実際どんな匂いなのか梢にはさっぱりわからなかった。けれど、颯真が自分にだけ欲情している証なのかと思うと、褒められるのは悪い気分じゃない。

問題は、ただ猛烈に恥ずかしいということだけだ。

「やっと、梢のお許しが出たな」

「え……」

「帰るまで一度もやらせてくんねぇんじゃないかって、内心ヒヤヒヤしていたぞ。けど、強引に迫って嫌われたら元も子もねぇしよ」

心の底からホッとした、というように、背中で深々と溜め息をつかれた。その様子があんまり可愛くて、知らず梢は笑いを零す。別に勿体《もったい》ぶっていたわけではないのだが、事件の直後はバタバタしていたし、何しろ経験値がゼロなのでなかなか思い切れずにいたのだ。おまけに、以前までならいざ知らず颯真もかなり理性を利かせてこちらの気持ちを優先してくれていたので、結果としてこんなギリギリになってしまった。

「あ、あのさ……」

胸の上で交差する颯真の腕に、指をかけて梢は言った。

「俺、その……誰かとこういうこと、初めてっていうか」

「そんなの知ってる。てめぇの年で百戦錬磨《れんま》って言われたら逆に引くぞ」

「う……。けど、考えてみたらハードル……凄く高いよね。男同士の上に異種族っていうか、ええと、何て言ったらいいのかな……」

「わかんねぇなら黙っとけ」

かぷ、と首を甘噛みされて、ひゃっと小さく飛び跳ねる。わかった。颯真はこの上なく機嫌がいいらしい。獣にじゃれつかれているような愛撫が続き、こそばゆさと快感の狭間で梢はどう反応していいのか混乱した。

「あ、あの……颯真……俺が今夜泊まることにした意味、ちゃんとわかってる？」

「俺と寝るためだろ」

情緒の欠片もない答えに、思わず溜め息が出る。

確かに間違ってはいないが、しかしそれだけが目的でもない。

「土壇場になって、何をためらってんだよ。もしかして、やっぱり嫌なのか？」

背後から梢のシャツに手を伸ばし、器用にボタンを外しながら颯真が訊いてきた。不遜な声音は、ここでお預けを食らったら暴れてやる、と言外に宣言しているようだ。梢は慌てて首を振ると、肩越しの彼を振り返る。すぐ間近で視線が合い、その目に情欲の焔《ほむら》が宿るのを認めた途端、身体が不埒な熱に侵された。

「なぁ、颯真。また、絶対に会えるよな……？」

考えるより先に、不安が口をついて出る。

情けないな、語尾が震えるのをどうしても止められなかった。

「俺、昼間は皆がいたから堪えたけど、本当はもう限界なんだ。あんたと生きるなら絶対乗り越えなきゃいけないってわかってるのに、やっぱり離れないでいられる方法はないのかってすぐ考えちゃうんだ……」

「梢……」

「いつか、俺は後悔するかもしれない」

身体を反転させて胸に顔を寄せ、そっとしがみついてみる。

颯真はぎこちなく受け止め、しばらく身じろぎもせずに梢を抱き締めていた。

「颯真に俺以外のものを捨てさせたこと、同じ時間では生きられないこと。いろんな問題に挫けて、後悔する日が来るかもしれない。颯真は、それでもいい？　俺がそうなっても、見捨てないで側にいてくれる？」

「だったら、おまえは何も捨ててねぇのかよ」

「え……」

意外な言葉に面食らい、そっと顔を上げて彼を見る。

何の濁りもない眼差しが、梢の不安をすっぽりと包み込んでいた。

「おまえはグダグダ言ってるけど、条件なんか一緒だろ。俺を選んだことで、おまえだって他の選択肢を捨てているんだ。母親や婆さんに孫の顔は見せてやれないし、どんなに好みの雌と出会ったって一生付き合えねぇ。――俺が許さないからな」

「それは……」

「こういうのは、お互い様って言うんだ。どっちが大変って問題じゃねぇよ」

きっぱりと断言され、梢は二の句が継げなくなる。

そんな風に考えたことなど、一度だってなかった。嫁探しにこだわる颯真を見ていたせいか、彼へ強いる犠牲についてしか考えが及ばなかったのだ。

「和兎の姉さんが、言ってたんだけどよ」

皆に内緒で会っていたのが気まずいのか、少々気恥ずかしそうに颯真は言った。

「やっぱり、後悔しなかったって言ったら嘘になるってさ。でも、時間を戻したいとは思わない、それを上回る幸福もたくさん味わったからって」

「そう……なんだ……」

「俺たちがあの屋敷へ住み始めた時、気配を感じて近くをうろついてたんだよ。顔を合わせる勇気はないけど、同胞の匂いが懐かしかったらしい。だから、割と早くから俺は彼女と会ってたんだ。口止めされてたから、なかなか言えなかったけど」

「和兎さんのことは……」

「心配してたぜ、もちろん。でも、自分からのこのこ会いには行けねぇから、和兎の気持ちが自然に解けてくれるのを待つってさ。それが、大事な弟を傷つけた自分への罰だと思う、とか言ってたな。でも、それなりに幸せにはやってるようだから安心しろ」

それなら良かった、と梢も安堵の息をつく。今日の和兎の様子から、きっと姉弟の再会も遠い未来のことではないだろう。

「そうだよね。どんな世界に生きて、どんな相手と一緒にいても、不安と幸福はセットで付いてくるんだ。俺、そんな当たり前のことにも気がつかなかった」

「まぁ、あれだな。寿命のことだけはどうしようもねぇが、今から悩んだところで無意味だと思うぜ。そもそも、後悔なんか一度もしない、なんて方が嘘臭いだろ」

「颯真……」

「もし、俺を選んだことを悔やんだおまえが、いつか俺から去ろうとしたら……俺は、全力で阻止するよ。それだけは、もう決めてるからな。おまえは、とっくに俺のもんだ。何回心が離れようが、絶対に取り戻す。必ず、もう一度惚れさせてやる」

「…………」

「狼の純情、舐めんなよ」

勝ち誇ったように笑い、颯真が口づけてきた。柔らかな感触を押し付けられ、唇を吸われて胸が疼《うず》く。絶対に取り戻す、と言った颯真の言葉が、僅かな迷いや淋しさを温かな希望で溶かしていくのがわかった。

きっと、彼は約束を守るだろう。

梢さえ諦めなければ、伸ばした手を何度だって掴んでくれるに違いない。

「好きだよ……颯真」

「知ってる」

何を今更、と不思議な顔をする颯真が、おかしくて愛おしかった。

「知っていても、言いたくなる時があるんだよ」

「へぇ」

「気分いいだろ、颯真だって」

返事は聞かなくてもわかっている。余裕を示そうと澄ました顔を取り繕っているが、明らかに尻尾の動きが潑剌《はつらつ》としているからだ。わかりやすいなぁ、と苦笑し、梢は自分から再び彼に唇を押し当てた。

「う……んぅ……」

幾度も口づけをくり返し、どちらからともなくベッドへ倒れ込む。緊張しないわけではなかったが、それより少しでも早く颯真と触れ合いたかった。

「こずえ……好きだ……」

「え……」

「気分いいだろ？」

熱っぽい告白の後、唖然とする梢へニヤリと笑いかける。きちんと言葉にされたのは初めてで、梢の鼓動はたちまち早鐘のリズムになった。早速やり返された、と嘆息すると、鎖骨の辺りで「言いたくなったんだよ」とうそぶかれる。少し間が空いてから、颯真が目線を上げてもう一度言い直してきた。

「おまえが好きだ、梢」

「う……」

「俺には、おまえが特別で一番だ。だから、後悔しても離れるな。きっと、最後は笑えるようにしてやるから。それだけは約束する」

「……うん」

　こんな熱烈な言葉は、他の誰からも聞けないだろう。無骨で飾り気がない分、純粋な愛情が真っ直ぐに伝わってくる。颯真の背中に回した手に思い切り力を込め、梢は泣かないようにと必死で自身へ言い聞かせた。

「待ってるから、早く迎えに来いよな。俺、ずっと待ってるから」

「ああ」

　ぎゅっと強く抱き寄せられ、互いの胸が隙間なく重なり合う。

　交わる鼓動は同じ速度で、相手を強く求めていた。

「好きだ」

　颯真の手が服を剝ぎ取り、熱い舌が肌を激しく這い回る。敏感な場所に口づけられ、強く吸われるたびに声が溢れ出た。胸を愛撫されていると、牙の先端が乳首を擦る。甘い刺激が背中を走り、梢は初めての快楽に身を震わせた。

「……ッ……」

　羞恥に押し殺した声が、余計に身体を感じやすくさせる。無知な梢は為されるがまま、颯真の与える快感に翻弄されていった。

「はぁ……ぁあ……」

　いつの間にか衣服は全て脱がされ、生まれたままの姿を愛されている。颯真の指で淫らに弄《いじ》られると、それだけで屹立する場所から蜜が零れていった。

自分のものとは思えない、艶めかしい声が恥ずかしい。交わる吐息が淫靡に濡れ、絡み合う舌からいやらしい音が生まれては消えていった。

「んぅ……そう……ま……颯真……」

弾力に富んだ背中は汗に濡れ、浮き出た肩甲骨にしがみつく。乱れる意識の中、颯真の高い体温に包まれて、梢は荒々しい愛撫にも必死で応えた。

「あ……ぁ……ッ」

ふとした弾みに白銀の尻尾が触れ、感じやすくなった肌は甘美に震える。組み敷かれ、喘ぎ続ける梢の姿を、颯真はどんな風に見ているのだろう。確かめる勇気もなくシーツに顔を埋めると、愛でるように髪の毛に口づけが落とされた。

「颯真……」

「子どもが作れないからって、愛し合うのに無駄なんてこと全然ねぇだろ」

「…………」

「だったら、この気持ちよさは全部嘘ってことになるじゃねぇか」

梢がずっとこだわっていたことを、颯真は身を以《もっ》て否定する。勝ち誇った顔で笑う彼が、泣きたいくらい愛しかった。

「じゃあ、もっと……」

「ん？」

「もっと繋がろうか、俺たち」

いつしか緊張は跡形もなく失せ、梢も一緒に微笑んでいた。自らゆっくりと足を開き、颯真を心と身体の全部で受け入れる。

「う……く……」

熱く濡れそぼる楔《くさび》が打ち込まれ、梢は懸命にそれを呑み込んだ。少しずつ速度を増す律動から、爪先まで快感が駆け抜ける。後ろを犯されながら中心を弄られると、強烈な刺激に幾度も震えが走った。

「あぁ……そ……ま……そうま……」

うわ言のようにくり返し、ただ必死にしがみつく。一つになっている実感が、梢の身体を淫靡な悦びで満たしていった。颯真は巧みに感じる場所を突き、そのたびにおかしくなりそうで身悶える。だが、簡単に許してくれるわけもなく、彼は獣の貪欲さで好きなだけ梢を貪り食らった。

「や……も……くる……し……」

「梢……好きだ……」

「そ……まぁ……」

激しく最奥を掻き回され、頭の芯が霞んでいく。必死で颯真にしがみつき、梢は堪えきれずに情熱を吐き出した。絶頂を迎える姿に、颯真が笑む気配がする。続けて彼も梢の中で達し、長い溜め息が汗ばむ肌に艶めかしく降りかかった。

「颯真……」

幸せだ――と心から思った。

生きる時間の差も種族の違いも、この想いには変えられない。

梢はこみ上げる愛しさの波に攫われながら、大切に颯真の名前を呼んだ――。

一年の浪人の末、音大の二年へ進級した日、梢は一つの知らせを受け取った。

送り主の記載がない招待状は、夜の九時に街の古びた遊園地へ来るように指定がされている。今年でとうとう閉園が決まったその場所で、生涯の恋人と初めてのキスをしたのはちょうど二年前のことだった。

「長かったのか短かったのか、今となってはよくわかんないな」

弾む心を抑えて、二十歳になった梢は夜の遊園地へと向かう。右手には愛用のチェロの楽器ケースを提げ、今夜の演目を頭の中で総ざらいする。

バイトとの掛け持ちで受験をするのは考えていたよりずっと大変で、思いがけず時間はかかってしまったけれど。でも、彼らとの約束を守れた自分が誇らしかった。全てが順調とは言えず、相変わらず才能あるライバルを羨《うらや》んだり、何の連絡も寄越さない恋人を恨めしく思ったりはしたが、それでも今の自分が梢は好きだ。

「颯真も、再会した俺をもっと好きになってくれるといいんだけど」

あまり心配はしていなかったが、少しだけ弱気になってみる。いずれにしても、答えがわかるのは間もなくだ。二年ぶりの再会の場面には、懐かしい彼らの姿も揃っているだろうか。会えなかった時間に成長した自分を見て、皆は――颯真は何て言うだろう。

「あーっ、来た来た！　颯真の本当の嫁！」

懐かしいフレーズと一緒に、前方から一人の少年が駆け出してきた。綺麗な顔立ちだが見覚えのないその姿に、面食らいながら梢は立ち止まる。けれど、大きな三角耳とふさふさの蜂蜜色の尻尾は間違いなく狐鈴のものだった。

「僕がいっちばーん！」

勢いよく梢の胸に飛び込み、狐鈴が満面の笑みを浮かべる。しかし、幼児だった二年前に比べると、今の彼はどう見ても中学生くらいだ。どういうからくりなんだとわけがわからずにいたら、遅れてやってきた和兎が狐鈴の頭をポカンと叩いた。

「あのさ、少しは空気を読もうよ、次期国王。恋人同士の感動の再会を、何で君が邪魔しちゃうわけ？　大体、いくら狐族は外見を自由に弄れるからって成長しすぎでしょ。梢、ドン引きしてるじゃん」

「だって、早く大きくならないと颯真の嫁を略奪できないしー」

「…………」

意味がわかって言ってるのか、今ひとつ微妙すぎて返事ができない。だが、どうやら大きくなったのは外見だけで、中身は以前の狐鈴とあまり変わらないようだ。すりすり梢にしがみつく彼を容赦なく引っぺがしながら、一段と逞しさを増した玲雄が人の好い笑顔でぺこりと頭を下げた。

「お久しぶりです、梢さん。俺、会いたかったです！　あれから、正式に狐鈴付けの親衛隊隊長に任命されました。だから、今回の滞在も任務の一環です。期間は一年と長丁場だけど、またよろしくお願いします！」

「え、一年も？　本当に？」

嬉しい驚きに、闇よりも濃い尻尾と耳を持つ琥珀が黒い微笑で答える。

「狐鈴が、二年かけて国王を口説き落としたんだ。帝王学をみっちり学ぶ代わりに、留学させてくれって。二つの世界をよく知ることで、きっと今後の自分たちの在り方もわかってくるはずだからって熱心にね。もっとも、その筋書きを書いたのは俺だけど」

「琥珀さん……」

「だから、君と颯真も一年かけて最終的な結論を出すといい。本当に、君が俺たちの世界で暮らしていけるのか。でも、せっかく入学したんだから卒業までは遠距離が続くかな。俺は、一年おきの逢瀬もなかなかロマンティックだとは思うけどね。ただ、あの野獣が我慢できるかは保証の限りじゃないけれど」

もし梢が決心したなら、どんな結論でも俺たちが全力でサポートしてあげるから。

そう言って、彼は見惚れるほど優雅に一礼した。

「こんばんは、梢。今夜は来てくれてありがとう。実は、早速相談があるんだ」

「え？」

「住み込みでハウスキーパーのバイト、やらない？　もちろん、音大生の君には以前より時間がないだろうから、できる範囲で構わない。その代わり、週に一度は俺たちにチェロの演奏を聴かせてくれること。どう？」

思いがけない申し出だが、もちろん拒む理由なんてない。彼らとまた同じ屋根の下で暮らせるのかと、感激で胸がいっぱいだ。けれど、答える前に確かめなくてはならないことがあったので、梢はきょろきょろと周囲に視線をさ迷わせた。

「――いた……」

夢にまで見た相手が視界に入った途端、他のことが一切考えられなくなる。それは琥珀にも通じたようで、彼はやれやれと苦笑すると「返事は後でいいよ」と肩を竦めた。玲雄や和兎、狐鈴もニヤニヤと、二人の再会を見守っている。だが、梢の頭からは羞恥さえ綺麗に吹き飛んでしまっていた。

「颯真……」

観覧車の光を背景に、三角耳と白銀の尻尾がきらきら瞬いている。金平糖みたいだ、と街を見下ろして呟いた夜が、鮮やかに蘇ってきた。

あれから、永遠にも思える二年間を耐えてきたのは、全てこの瞬間のためだった。涙が滲んで颯真が見えなくならないよう、梢は急いで目元を拭おうとする――が。

「舐めてやるって、言っただろう」

笑みを含んだ声がして、颯真がゆっくり近づいてきた。尻尾が機嫌よく左右に揺れ、梢は早く抱き締めたくてたまらなくなる。目の前に立った彼がひょいと屈み、温かな舌でぺろと涙を舐め取った。

「うん、甘い」

満足そうに呟く唇から、少しだけ牙が覗けている。

「やっぱ、おまえは金平糖みたいだな。意地張ったって、中身はすげぇ甘い」

「最初に言うことが、それかよ」

「男前になったな、梢」

「…………」

「さすがは、俺の嫁だ」

誇らしげな感想と一緒に、尻尾がふわりと梢に絡みついた。そのまま引き寄せられ、きつくきつく抱き締められる。颯真の体温に包まれて、梢は幸福に目が眩《くら》みそうになった。

時間の流れなんて関係ない。この瞬間が積み重なって、自分たちは永遠を作っていくのだ。そう信じられることが嬉しかったし、そんな相手に出会えたことに感謝する。

「今夜は、俺にブラッシングさせて」

溢れる愛の言葉を、梢はそっと彼の耳元で囁いた。

あとがき

こんにちは。あるいは花丸読者様には、はじめまして。神奈木智《かんなぎさとる》です。このたびは作家人生初のケモ耳作品を読んでいただき、ありがとうございました。執筆中は、もふもふ感やふわふわ感を上手くお伝えできないもどかしさに、うちの猫たちを狂おしく撫でまわしておりました。でも、全ての喜怒哀楽が尻尾で表現される攻め、書いていて非常に楽しかったです。

そんな特殊設定に、今回は榊《さかき》　空也《くうや》様が超絶素敵なイラストをつけてくださいました。表紙もモノクロも、もう素晴らしいの一言です。何度も眺めてはうっとりしております。お忙しい中、本当にどうもありがとうございました。

そうそう、少しネタバレになりますが、新国王が即位したあかつきには、一年おきのルールは廃止になるんじゃないかな～。それまで頑張れ、主人公。

ではでは、またの機会にお会いいたしましょう――。

ツイッター https://twitter.com/skannagi　神奈木　智拝

Hanamaru Bunko

作家・イラストレーターの先生方へのファンレター・感想・ご意見などは
〒101-0063 東京都千代田区神田淡路町2-2-2
白泉社花丸編集部気付でお送り下さい。
編集部へのご意見・ご希望などもお待ちしております。
白泉社のホームページはhttp://www.hakusensha.co.jpです。

白泉社花丸文庫
狼と金平糖《こんぺいとう》

2014年7月25日 初版発行

著　者　神奈木智
発行人　菅原弘文
発行所　株式会社白泉社
〒101-0063 東京都千代田区神田淡路町2-2-2
電話 03(3526)8070(編集)
03(3526)8010(販売)
03(3526)8020(制作)
印刷・製本　図書印刷株式会社
Printed in Japan HAKUSENSHA　ISBN978-4-592-87727-1
定価はカバーに表示してあります。